imaginist

U0540686

想象另一种可能

理
想
国

imaginist

Dubravka Ugrešić

疼痛部

THE MINISTRY OF PAIN

[荷] 杜布拉夫卡 · 乌格雷西奇 著

姜昊骞 译

北京日报出版社

作者说明

本书中的叙事者、她讲述的故事、所涉及的人物，以及他们的处境都是虚构的。甚至阿姆斯特丹这个城市也并非完全真实。

杜布拉夫卡·乌格雷西奇

目 录

思乡何其痛苦!
早有所觉的动荡!
我毫不关心
要在何处独身一人,
以及要如何拖着大包
从集市回到房子，回到家
——一个和医院或兵营一样,
并不属于我的家;
不关心会有什么人
看到我，笼中之狮，鬃毛高竖,
以及会被怎样的世界——
必将如此——逐回
我自己，我自己的感知。
像一头失去浮冰的堪察加熊，我默默忍受,
不在意在哪里无处容身（也不想容身）,
以及在哪里咽下屈辱。

母语，那滑腻、诱哄的呼召，
也不再吸引我：
我不在乎这门
专供人误会我的语言
（读者一心只想榨取
书中的那些废话），
因为他们属于二十世纪，
而我属于几个世纪之前。
像一截僵直的圆木
被丢在林间小路上。于我，
人人都没有分别，一切都没有分别，
而其中最没有分别、
最为近似的，大概，便是过去。
我的全部面目、痕迹、时光
都没入了它的泥淖：
只剩一个赤裸的灵魂，生地不详。
我的国家让我太过失望，
除非能有位敏锐的侦探
彻底搜查我的灵魂，
否则无法挖掘出我的根源。
每间房子都陌生，每座寺庙都空洞，

一切都没有分别，都一样，都只是垃圾。

但若是，路边有一棵树

恰好是花楸……

——玛琳娜·茨维塔耶娃

第一章

1

和沙漠一样，北方的景观也有种绝对的意味。只不过这里的沙漠是绿色的，水分充足，而且没有风光，没有隆起，没有曲线。大地是平的，人们在做什么都一览无余，这种完全的可见性也反映在他们的行为上。荷兰人的见面不只是见面，而更像是一种对峙。他们明亮的眼睛直盯着对方的眼睛，称量对方的灵魂。他们无处可藏。就连在家里也是如此。他们从不关窗帘，并视之为一种美德。

——塞斯·诺特博姆

我记不得自己第一次注意到是什么时候了。我站在车站等电车，盯着玻璃板后面的城市地图，看着用不同颜色表示的公交和电车线路图。我看不懂线路图，对它也没多少兴趣。我脑袋空空地站着，突然间，一股没来由的欲望向我袭来，要我把头往玻璃上撞，把自己弄伤。一次一次，越来越近。就快了，每一秒都有可能，然后……

“来吧，同志，”他会把一只手搭在我的肩上，用略带嘲讽的语调对我说，“你不会真的要去……”

当然，这全都是我的想象，但它营造出的画面是如此真实，以至于我真的以为自己听到了他的声音，感受到了他的手放在我的肩上。

人们都说，荷兰人只有在有话讲时才开口。在这座城市里，身边都是荷兰人，交流要用英语，我常常感觉自己的母语是陌生的。直到身处国外，我才意识到我的同胞们是在用一种只有一半的语言在交流，吞下一半的词语，只发出一半的声音。我感觉到自己的母语是一位语言困难症患者，在尝试用手势、怪相和语调来传达哪怕最简单的思想。同胞之间的交谈显得冗长、空洞、令人厌倦。他们好像不是在说话，而是在用词语互相抚摸，在低沉的絮语中，将抚慰人心的唾液涂抹在彼此身上。

这就是为什么我会有这种感觉：我正在这里从头开始学习说话。这事并不容易。我总是在寻找能喘口气的空间，好来处理我无法表达出自己的想法这一事实。还有一个更大的问题：一门尚未学会用来描绘现实的语言——尽管现实引发的内在体验可能相当复杂——究竟能不能用来，比方说，讲故事呢？

而我正是一名文学教师。

到德国后，戈兰和我在柏林安顿下来。地方是戈兰选的：因为去德国不需要签证。我们还是攒了点钱的，足够花上一年了。我很快站稳了脚跟：在一户美国人家找到了保姆的工作。这家美国人给的工资很不错，人品也不错。我还在国家图书馆找了一份兼职，每周去一天，整理斯拉夫语系藏书区的书架。由于我对图书馆有一点了解，除了*我们的语言*以外还会讲俄语，而且大致能看懂斯拉夫语系的其他语言，因此这份兼职对我是小菜一碟。不过，我没有正式的工作许可证，他们只能私下给我钱。至于戈兰，他以前在萨格勒布大学教数学，很快就进了一家计算机公司，但没干几个月便辞职了：他的一名前同事被东京的一家大学聘为讲师，撺掇戈兰同去，打包票说那边会有更好的发展。于是，戈兰又来劝我走，但我很坚决：我是西欧人，我用一种自我辩护的语气说，而且我不想离我妈妈和他父母太远。这话倒不假。但也并非全部的事实。

戈兰还在为之前的事耿耿于怀。他是一名优秀的数学家，深受学生爱戴，却在一夜间丢了职位，虽然他是*中间派*。尽管人们宽慰他，说这事完全是*正常*[1]的——打仗的

① 原文为斜体，表强调，在本书中均用仿宋体表示，下同。

时候，咱们普通人就是这样的，同样的事发生在很多人身上，不只是克罗地亚的塞尔维亚人，还有塞尔维亚的克罗地亚人，还有波斯尼亚的穆斯林、克罗地亚人和塞尔维亚人，还有犹太人、阿尔巴尼亚人和吉卜赛人。在我们苦难深重的前祖国，这种事发生在每个地方的每个人身上——然而，这并不能使他的悲苦与心酸稍减。

要是戈兰真想在德国扎根，我们也是能做到的。那里有成千上万和我们一样的人。大家一开始都是能找到什么工作就做什么，但终究会回到自己的阶层，生活会继续，孩子们也会适应。我们没有孩子，这大概让做决定变得更容易了一些。我妈妈和戈兰的父母住在萨格勒布。我们离开后，萨格勒布的公寓——我和戈兰的住处——被克罗地亚军方没收，住进了一户克罗地亚军官家庭。戈兰的父亲想要把我们的东西，至少把书给取出来，但失败了。毕竟，戈兰是塞尔维亚人，估计我也成了那个塞尔维亚婊子。那是一段对普遍的苦难发起猛烈复仇的时期，人们随处发泄自己的仇恨，而对象往往是无辜的人。

然而，战争替我们做出的安排，比我们自己所能做出的要好得多。戈兰离开萨格勒布时决心走得越远越好，如今去了地球的另一端。他离开后不久，我就收到了友人伊内丝·卡迪奇的信，为我提供了一个在阿姆斯特丹大学担任两学期讲师的工作机会，教塞尔维亚－克罗地亚语。她的丈夫塞斯·德莱斯玛是斯拉夫语言文学系主任，需要有人应付激增的学生。我毫不犹豫地答应了。

系里在旧偏闸运河一带给我找了间公寓。这是一条小运河，旁边只有几栋房子，一端通往阿姆斯特丹中央火车站，另一端如棕榈叶般散开，分别通往知名的华人街善德街，以及穿过红灯区的旧城侧正面运河和旧城侧背面运河。公寓位于地下室，面积很小，像是一间廉价的旅馆客房。阿姆斯特丹的公寓很难找，至少系里的秘书是这么说的，于是我也只好住了进去。我喜欢周边的环境。我早晨会沿着善德街朝新市场方向走，走进开心小丑、特奥或昭拍耶这几家俯瞰旧测量所的咖啡馆。我一边小口喝着早晨的咖啡，一边看着走过路过的人们在小摊前驻足，上面摆着鲱鱼、蔬菜、车轮大的荷兰奶酪，还有一堆堆新鲜出炉的点心。这里是全城怪人最集中的地方。由于这里还是红灯区的起点，因此到处有小毒贩、妓女、皮条客、瘾君子、醉鬼、残存的嬉皮士、小店主、货郎、送货小哥、华人主妇、游客、小贼、无业游民和无家可归的人在晃悠。哪怕天色阴沉（荷兰的招牌天气），城内一片白茫茫，各路行人的悠闲节奏也让我着迷。一切看起来都有点肮脏、破败，仿佛声音被调小了，画面也调成了慢动作，仿佛一切都游走在灰色地带，同时又团结在某种更高的智慧之下。系办公室位于水闸街，离我的公寓只有十分钟的脚程。一切看起来都很协调，至少我起初是这样以为的。另外，当年的秋老虎一直延续到十二月，气候温和、运转缓慢的阿姆斯特丹，让我不禁想起了旅游淡季时的亚得里亚海沿岸城市。

之前在柏林时，我就听过那个波斯尼亚女人的故事。她的全家——丈夫、孩子、公婆——都在流亡，有一天，她听到风声说德国当局要驱逐所有的波斯尼亚难民，害怕被遣返回波斯尼亚，就求医生帮她开了张假的转诊单，好去精神病院里躲躲。待在那里的两周就像一缕清新的空气，散发着自由的芬芳，令人心旷神怡，于是她决定不回去了。就这样，她消失了，不见了，换了个新的身份。没有人知道她后来怎么样了，她也再没回过家。

这样的故事，我听过几十个。对许多人来说，战争意味着巨大的损失，但它也可以是摆脱旧生活、从头开始的一个理由。无论如何，它彻底改变了人类的命运。就连精神病院、监狱和法庭都成了日常生活的组成部分。

我一点都不确定自己在其中的位置。或许，我在寻找的恰恰是一个不在场证明。我的身份不是难民，但与难民一样，我也无处可回。至少我当时的感觉是这样的。或许和许多人一样，我也下意识地将别人的不幸变成了不回去的借口。不过话说回来，国家分裂、战火连绵不也是切切实实落在我头上的苦难吗？这还不足以成为我不回去的理由吗？我说不上来。我只能说，我从如今看来已非常遥远的过去出发，尚未抵达目的地。戈兰走的时候，我既感到一阵轻松，随之而来的是一阵更加强烈的失落和恐惧：突然间，我只有自己了，掌握的专业技能没什么价值，手里的钱也只够花几个月。我有一个斯拉夫语言和文学的学位；我写过一篇博士论文，讲的是克罗地亚作家对卡伊方言的运用；我有几年的教学经验，在萨格勒布教师培训学院。阿姆斯特丹是一个收费的喘息空间。至于之后要去哪里、做什么，我一点头绪都没有。

2

他们一开始叫我卢契奇教授，但随着第一个学期的内容逐渐展开，他们就改口叫我同志了，drugarice，和我当年一样，他们也会故意把最后的字母 e 拉长并上扬，好像这是个动词词尾似的。同志这个词成了我和新生间某种隐秘的暗号，将我们，我们中的每一个，与荒废已久的教室椅子，与早已消逝的年代，与一个不复存在的国家连在了一起：在二十世纪五十年代和六十年代初，南斯拉夫学童都管老师叫同志。这个词在荷兰的效果可没有巴甫洛夫的铃声那样明显。而且，尽管当面我都是用正式的你来称呼他们的，但跟别人提及时，我用的都是学生们或者孩子们。这只是一种滑稽的扮演：我当时不是，过去也不曾是任何人的同志；他们也不是学生们，不是孩子们。大部分人的年纪都在二十多岁，我只比他们大几岁而已。梅丽哈与我同岁，约翰内克和拉基比我还大。因此，唯一能让大家想起游戏规则的东西就是我用的正式称呼——你。

他们都是被战争带到这里的。有的取得了难民身份，有的还没有。大部分都是从塞尔维亚或克罗地亚来的，为了逃兵役；还有些是从战区来的；其他的是跟着人来的，就此留了下来。也有一些人，听说荷兰当局给南斯拉夫难民提供的福利和住宿都很好，于是选择拿余额不明的生命换取饮之不尽的烈酒。还有的恰好找了荷兰人做另一半。

马里奥在奥地利——父母担心他会被征入克罗地亚军队，就把他送去了那里——遇上了一个荷兰女孩，后来她把他带回了荷兰。“要么是我为了绿卡跟她结了婚，婚后爱上了她，”他有一次笑着对我说，“要么是我先爱上了她，然后才为了绿卡跟她登记。我记不清了。”

博班跟着一帮贝尔格莱德妇女去了印度，她们都是赛巴巴的信徒。这场旅行由他母亲一手包办，钱也是她出的，一心只为了让他暂时逃过入伍。一到印度，他便脱离了队伍，独自晃荡了两个来月，但后来染上了痢疾，他便乘最早一班飞机离开了。他原本打算在阿姆斯特丹落地后便转机去贝尔格莱德，但辗转在史基浦机场的厕所隔间时，他突发奇想，决定申请政治避难。这在当时还是有可能的。有那么一两年时间，荷兰当局都相当宽容：凡是来自前南斯拉夫的人，都能以战争为由提出申请。后来，情况发生了变化，大门猛地关上了。

约翰内克是荷兰人，我们的语言讲得很流利，还有些波斯尼亚口音。她的父母都是荷兰左翼人士，“二战”后曾随国际青年建设队一起修建公路和铁路，后来又作为游客去了达尔马提亚海岸。在一次旅行期间，约翰内克去了趟萨拉热窝，在那里与一名波斯尼亚人相爱，逗留了一段时间。现在，她已经离了婚，带着两个小女儿，决心读一个斯拉夫语的学位。她是一名获得认证的法庭口译员，负责将我们的语言翻译成荷兰语，这个身份特别有用：她能够翻译并公证班上孩子们所需的任何文件。

有些人只来过一两次就悄悄地不见了。拉基来自萨格勒布。我之所以还记得他，是因为他是唯一一个叫我夫人的人：卢契奇夫人。显然，在他看来，同志是南斯拉夫的、共产主义的，因而也是反克罗地亚的。他的萨格勒布腔调让我紧张——重读放在最后一个音节的 la-di-da[①]，而且总是用反身动词，也就是指称自己的动词形式，听着就像他和地球上的一切都息息相关似的。与许多其他人一样，拉基来阿姆斯特丹是为了廉价的大麻。他战前就来

① 形容人装模作样，故作高雅的样子。

了，多年来一直在研究斯拉夫语言和文学，靠福利金生活，住在政府大力补贴的公屋里。孩子们都说他是警方的有偿线人——他吹嘘自己曾帮荷兰警方翻译过他们监听到的南斯拉夫黑手党的电话。孩子们叫他语言学家拉基，因为他声称自己在编一部荷兰语－克罗地亚语词典，只是一直拿不到经费。他拒绝承认现有的荷兰语－塞尔维亚－克罗地亚语词典。

还有佐勒，为了拿到居留，不惜与一位荷兰男同性恋同居；还有奥帕蒂亚来的达尔科，他倒是个货真价实的同性恋。荷兰当局对那些声称自己在国内因性向异常而受到歧视的政治避难申请者尤其宽容，比对那些在战争中遭到强奸的人还要宽容。消息传开后，人们争先恐后蜂拥而至。战争是一切的遮羞布。有点像国家彩票：虽说许多人确实是因为日子不好过才去碰运气的，但其他人只是看到机会出现就想试一把。在这样不正常的环境下，输赢都得用新的标准来衡量。

他们修塞尔维亚－克罗地亚语的课程主要是因为简单。要是没有难民签证，进入大学就读也可以合法延长居留期。有些人在国内已经进了大学甚至毕业了，但放到这里毫无意义。修塞尔维亚－克罗地亚语是拿到荷兰文凭最快捷、最简单的办法，虽说荷兰文凭也没多大用处。如果你像安娜一样主修另一门语言，大可选塞尔维亚－克罗地亚语课水几个学分。但若是当真想拿学生贷款和奖学金，那塞尔维亚－克罗地亚语专业就是你的直通票。

他们能找到活儿干。大多数人打网球，这是他们圈子的黑话，意思是打扫房子。每小时十五荷兰盾。也有的在餐厅刷盘子端盘子。安特在北市场拉手风琴赚点小钱。安娜每天上午在邮局分拣邮件。“没那么糟，”她说，“我感觉自己就像恰佩克《邮递员的童话》里的小矮人。”

但不需要工作许可的活里，赚得最多的还是部里。有个我们的人在一家情趣服装厂找了份工作，很快一帮人就都去了。工作不怎么费力：你只需把这些皮革、橡胶和塑料组装成SM服。每周三次，伊戈尔、奈维娜和塞利姆会去阿姆斯特丹北区的总督街，荷兰各类色情业的供应商Demask工坊就坐落在那里。海牙有家SM俱乐部，名叫疼痛部，于是我的学生们就管他们工作的情趣用品血汗工厂叫部里。“同志，那些搞SM的人啊，穿得可真潮，”伊戈尔打趣说，“他们觉得裸体还不是最美的。我要是古驰或阿玛尼，肯定不会忘了这句话。”

孩子们干得挺好——考虑到他们是从哪里来的。就像火车头一样，身后拖着他们的故国。据说阿姆斯特丹三分之一的犯罪都是南斯拉夫黑手党干的。报纸上全是他们盗窃、贩运妓女、黑市交易、谋杀、仇杀的新闻。

他们也不知道现在该如何对待那个国家。提到克罗地亚和波斯尼亚时，他们的语气相当谨慎。提到南斯拉夫，也就是现在的塞黑时，则是极大的痛苦。媒体不断抛出的名词让他们难以招架。比方说，残存（Rump）南斯拉夫。（“天哪，这词是怎么想出来的？”梅丽哈大喊，“是因为他们把南斯拉夫像臀肉牛排一样切碎了吗？”）

南斯拉夫，他们出生的那个国家，他们来自的那个国家，已经不存在了。为了让自己好受点，他们尽可能不去提这个名字，而是将其简称为南（跟他们的前辈Gastarbeiter，也就是德国的客籍劳工一样）。于是，前南斯拉夫成了前南，或戏称为铁托南、铁坦尼克。那里的人则成了南人或者我们的人，后一种更常用。提起他们都说的那种语言时，所属格代词我们的也很好用（他们中间没有斯洛文尼亚人、马其顿人或阿尔巴尼亚人）：为了回避之前那个现在已经是“政治不正确”的名字塞尔维亚—克罗地亚语，他们只是叫它我们的语言。

3

那拍出来可不好看，
而且要花上许多年。
所有相机都离开了，
去了别的战场。

——维斯拉瓦·辛波斯卡

第一次走进教室，我就能认出他们何以见得是我们的人。我们的人脸上都印着无形的耳光。兔子似的闪烁神情，体内那种特别的紧张，嗅嗅空气以判断危险来自何方的动物本能。我们性表现在紧绷忧郁的面容中，眉头一抹阴云里，总也挺不直的背上，近乎内化，几不可察。“我们的人蹑手蹑脚走在城市中，仿佛那是一座丛林，让人心惊肉跳。”塞利姆会这样说。我们全是我们的。

我们像弃船求生的老鼠一样逃离了那个国家，跑得到处都是。很多人已在国内奔波许久，东躲西藏，以为战争很快就会结束，以为它只是一场暴雨，而非一场大火。他们躲在亲戚、朋友或朋友的朋友那里，对方也会尽力帮忙。他们会去临时搭建的难民营、废弃的旅游景区、愿意收留他们的旅馆——亚得里亚海沿岸的大部分旅馆都愿意，但“只能在冬天没有游客的时候收留他们，之后就只能自求多福了，然后他们就会回家，战争不可能永远打下去，没有战争能永远打下去，战争让人们疲惫不堪，等到累得受不了了，自然就不打了”。有的人在那里待了一年，两年，三年——毕竟，再也没有游客了——有的离开了。他们都有故事要讲。

有一个贝尔格莱德女人，“看清了时局的发展方向”，也看到了塞尔维亚同胞身上的仇恨，对此深感恐惧，于是变卖房产，在战争爆发前夕搬去了和平的克罗地亚。她在罗维尼买了一套公寓。等到克罗地亚人开始露出獠牙时，她又卖掉罗维尼的公寓，搬到了萨拉热窝。塞尔维亚人扔出的第一波手榴弹——这些为她和家人的命运所准备的炮弹，大概是沿着她手掌的纹路来的——把她的萨拉热窝公寓炸成了两半。“谢天谢地，当时她不在家，”她的一个朋友朴实无华地说，“她现在还不错，刚到的信里写的。天底下那么多城市，谁能想到她最后去了加拉加斯！”

斯洛文尼亚难民——那些克族人——去了萨格勒布、伊斯特拉和海边。波斯尼亚难民或向南去克罗地亚，或向东去了塞尔维亚。克罗地亚的塞族人起初是悄悄地撤走，后来被大规模驱逐。伏伊伏丁那的匈牙利人无声无息地溜去了匈牙利，不久后一批塞族人也跟进了。很快，科索沃的阿尔巴尼亚人也动了起来……

我们从一个地方逃往另一个地方，能去哪儿就去哪儿。要付多少钱取决于当时的具体情况。有的人只顾他们自己，有的也会想着其他人，还有的根本懒得问谁是谁。有些波斯尼亚穆斯林去了土耳其、伊朗、伊拉克乃至巴基斯坦，许多人都后悔了。有些波斯尼亚犹太人去了以色列，其中很多也后悔了。他们连名带姓地改了名字，还买了廉价的护照，趁着还能买到。不久前还无比重要的东西——他们的信仰，他们的国籍——一下子变得一文不值。取而代之的是生存。但只要生存有了保障，抵达了安全的海岸，他们舒口气，掐自己一下，确认自己还活着，就又挂出了国旗，摆出了圣像和国徽，点上了蜡烛。

逃到哪儿的都有。第一时间夺路而逃的人去的地方最好：美国、加拿大；那些犹豫、迷茫的，就只能拿着有效期只有一两个月的游客签证，在差一点的地方里 看看哪里还能去，之后回国，琢磨着重新上路。一片混乱之中，小道消息是许多人唯一的指南，听说哪里不要签证就能去，哪里没有签证去不了，哪里日子好过些，哪里日子难过些，哪里欢迎他们，哪里不欢迎他们。有些人发现自己去了原本不可能见到的国家。率先分裂出来的斯洛文尼亚和克罗地亚两国护照迅速升值。有一段时间，拿着克罗地亚护照可以去英国——直到英国人调整政策，关上了大门。少数天真的人听信了过时的流言——比如南非会对白人张开双臂——于是就去了。塞尔维亚人去希腊很容易，作为游客和妓女，作为发战争财的人，作为洗钱的人，作为小偷。有些人手持三本护照——克罗地亚一本，波斯尼亚一本，南斯拉夫一本——指望着至少有一本能用得上；其他人决定等待，好像战争是一场即将停息的风暴。有孩子的人关心孩子胜过自己：孩子的安全才是最重要的。

欧洲充塞着前南人。涌入的战争难民数以十万计。记录在案的名字有几十万个，已经取得合法难民身份的人的名字。瑞典接收了七万左右，德国三十万，荷兰五万。非法难民的数目更是庞大。我们到处都是。没有人的故事足够有个人特色，或者足够令人错愕。因为死亡本身失去了令人错愕的力量。死亡已经太多了。

我很快学会在人群中找出同胞。男人最显眼，尤其是年龄稍大的。各大火车站和跳蚤市场是他们的聚集点。三四人一伙儿，海豚似的。他们身穿风衣，尤喜皮衣，手插在兜里，站在一起——一会儿重心放在左脚上，一会儿放在右脚——吐出烟气，驱散恐惧，一会儿就散了。

在我和戈兰居住的柏林社区，我们会停在一家难民俱乐部的大玻璃窗前。透过玻璃，我能看见我们的人在无声地打牌，盯着电视机，偶尔对瓶吹啤酒。墙上的手绘地图装饰着明信片。它有一套自己的地理学。他们来自的地方——布尔奇科或者比耶利纳——位于世界中心：这些男人离开的家乡只是这两个地方而已。笼罩在烟圈中的他们看起来像他们的前国籍一样前；他们仿佛墓里的尸体，爬出来喝一瓶啤酒，打一局牌，但终究还是落到了错的地方。

我在街上经常能听到些许他们的语言。全都是数字。他们永远都在谈论数字。马克，五百马克，三百马克，一千马克……在阿姆斯特丹则是Guće[①]，多少多少Guće……他们会像嘟囔似的把元音拖长，这种对真实或虚构中的钱无休无止的计算，与其说是谈论，不如说是嘟囔。

他们对自己所处国家的居民都有一套蔑称：德国人是Švabo（施瓦伯人），荷兰人是Dačer（达舍人），瑞典人是Šved（什外德人）。这让他们自我感觉相当良好。他们说

① 克罗地亚语，意为“盾”，在引入欧元前，盾为荷兰官方货币。

话时点缀着“就像我说的”和“就拿我来说吧”，突出自己在手头事情中的地位，不管事情有多小，不管他们在事情中的作用有多小。坚定就是一切。“我用十一分钟就能从东村到莱顿广场。”“你十一分钟怎么过得去？最起码也得十五分钟吧。你掐过时间吗？我可是掐过的，兄弟。整十五分钟。从坐上电车算起。”男人们就沉浸在里面，这些对话里。每一个词都是为了推迟与羞辱的遭遇，为了驱散恐惧。

他们出行的方式和聚集的地点显露了个人空间的丧失：屋前的长椅上，他们能看见世界在眼前经过；或者水边，他们能看见什么船进来，什么人走下跳板；城里的广场，他们可以和朋友们散步；咖啡馆，他们可以坐在桌旁，喝自己的饮品。在欧洲的城市里，他们徒劳地寻觅着被他们丢在身后的空间的坐标。

他们还在寻觅人的坐标。戈兰时常患上思南病，发作起来时，他就会把街上偶遇的第一个同胞拽到家里喝一杯。我很快就听了一大堆德国难民中心的故事，以及难民在那里的经历。我们的人像胶水一样粘在每一个他们遇到的俄罗斯人、乌克兰人、波兰人或保加利亚人身上，感觉和他们有一种类似于自己人的纽带。一个波斯尼亚人跟我们讲，有些波兰女人会坐一天大巴来柏林，用优惠价卖给我们的人波兰奶酪和香肠，偶尔还能在草垛里滚一滚（性交）。赚到钱以后，她们就在柏林买好一周所需的用品，然后乘大巴回家。他们总能在街上嗅出自己人：诀窍就是他们共同的不幸。这个波斯尼亚人还讲了一家柏林妓院（他用的是德国人的俗语 Puff）的事，他在那里把难民补助给花光了。他去找的女孩名叫玛莎，她“榨干了他”又“不给任何回报”，但他觉得没关系。“因为她是俄罗斯人，是我们的人。我不会把钱扔在德国姑娘身上的。那些德国姑娘没有灵魂。不像我们的。”他这里说的我们的指的是他的俄罗斯姑娘玛莎。

男人抱怨得比谁都多；他们永远在抱怨。抱怨天气，抱怨战争，抱怨自己的命运，抱怨遭受的不公。住在难民营里，他们抱怨条件；不住，也抱怨条件。他们抱怨救济；他们抱怨不得不接受救济的羞辱；他们抱怨领不到救济。他们每一刻都在用同样的强度抱怨着每一件事情。仿佛生命本身就是惩罚：什么都恼，什么都疼，什么都扎；什么都不够，什么都受够了。

女人远没有男人显眼。她们一直在背景里，却是生活的维系者：是她们把窟窿堵上，免得漏风；是她们做着每天的工作。男人好像没有工作似的；对他们来说，当难民就像当残废。

在阿姆斯特丹，我偶尔会去一家名叫贝拉的波斯尼亚咖啡馆，那里聚集着一批闷闷不乐、紧闭嘴唇的人，来打牌或者看电视。我每次去都会引来人们长时间的注视，面对一个侵入男性领域的女人，他们的眼神里什么都没有表达——连惊讶或愤怒都没有。我会在吧台旁坐下，点一份我们的（土耳其式）咖啡，坐上一会儿，好像在忏悔似的，还会本能地垂下肩膀，以便融入进来。我感觉到他们脸上看不见的巴掌在向我袭来。我不知道自己为什么要去那里。是出于一种模糊的、闻一闻自己一伙儿的愿望，也许吧，我根本不确定自己和他们是一伙儿——或者说，曾是一伙儿过。

在一部分时间里，我的学生们也认同自己是我们的人，尽管我们谁都不知道它到底是什么意思；在一部分时间里则会拒绝，仿佛它意味着某种真实的、具体的危险。当我们拒绝时，我们既拒绝归属于那边的我们的人，也拒绝归属于这边的我们的人。有时，我们会认同我们模糊的共同身份，有时又会嫌恶地拒斥它。我一次又一次听人说："那不是我的战争！"它不是我们的战争。但是，它又是我们的战争。因为如果它不曾是我们的战争，我们如今不会来到这里。因为如果它曾是我们的战争，我们如今也不会来到这里。

4

我们的语言，我们灵魂唯一的宝藏，
我们把它装在旅行箱里
放在家庭相簿旁，
接着，我们出去向风车挑战
与荷兰的冰冷空气战斗。

——菲丽达·杜拉科维奇

我要求他们做的第一件事就是用文字回答几个问题。我问了他们对课程的期望，问既然南斯拉夫已经不在了，他们希望是把文学作品分到各国里面讲还是作为一个整体讲，问他们有哪些喜欢的作家和作品，等等。接着，我要他们写一段个人简历，用英语写。

“干吗要用英语？”

“你们写起来轻松一些。”我说道。

是真的。我害怕（尽管我错了）使用我们的语言会让他们开启忏悔模式，而这是我不希望的。至少当时不希望。

“随便吧。”有人嘟囔道。

“呃，怎么方便怎么来。”

“我们要把姓名写全吗？”

“只写名字就行。”

“你想让我们写什么？”

“想到什么写什么。”

“我小学才干这事。”又有人抱怨道。

我拿回家读了。他们的回答幼稚得让我吃惊。（“文学是心灵的图画，是灵魂的歌声。”）他们列出的最喜欢的作家和作品俗套得令人失望。赫尔曼·黑塞，当然有他了，代表作是几部长篇：《悉达多》《玻璃球游戏》《荒原狼》。然后是梅萨·塞利姆维奇（为了文学中关于生命的有力思想而读书的学生们将塞利姆维奇视为南斯拉夫版的黑塞，说对也对，说错也错）和他的经典作品《死亡与托钵僧》（*Death and the Dervish*）。我肯定他们都能背出书里的两段话，一段是鼓动他们脱离外地小镇的狭隘生活（“人不是木头做的；人最大的悲剧就是被绑住”），另一段则为他们注入对于小镇生活的甘美的虚无主义态度（“因为死亡与生命同样没有意义”）。另一部高人气作品是《动物园站的孩子们》（*The Zoo Station Kids*），一部与他们那一代人有共鸣的小众青少年故事书。还有不容错过的布考斯基，他的叛逆局外人形象让好几代人大开眼界。他们用酷、潮、火来形容他；他代表了文学的全部意义、有种的文学。

他们的回答唤起了久被遗忘的南斯拉夫地方小镇的形象：书店只有一家，卖文具多过买图书；影院只有一家，只要上新片就要去看——不看两遍，也要看一遍；几家烟雾缭绕的咖啡馆，他们经常聚在里面；还有korzo，是地中海沿岸地区公共广场的步道，大家像小狗一样闻着彼此的味道。他们的品味是由别洛瓦尔、维特兹、贝拉帕兰卡这些暗淡的地方小镇塑造的，再加上一批卡洛斯·卡斯塔尼达这样的作家，他从小就陪伴着他们，一点三手的佛教，一点新时代浪潮，一点素食主义，一点布考斯基，一堆摇滚，一点必读书目（能把教授糊弄过去就成），大批漫画书（藏在书桌底下），大批电影，一点主要是从电影而不是英语老师那里学来的英语。拼拼凑凑，有苦也有甜，燃起了他们追求的欲望，一有机会就去萨格勒布、贝尔格莱德、萨拉热窝——或者更远的地方。

最后，我的小测试表明他们对文学的关心少得不能再少了。他们觉得烦。即便他们受过文学教育——梅丽哈有萨拉热窝大学的南斯拉夫文学学位——但战争改变的不只是他们对轻重先后的看法，还有他们的品味，梅丽哈写道：

从战争开始的那一刻，我的品味就开始改变了。

现在，我几乎认不出自己了。战前我看不上的东西，嘲笑它甜腻得令人恶心的东西，我现在会为它流泪。以正义取得胜利结尾的老电影让我不住落泪。可能是讲牛仔的，或者罗宾汉，或者灰姑娘，或者《瓦尔特保卫萨拉热窝》。我可能已经把大学里学到的东西都忘了。凡是不能拨动我心弦的书，我都会放下。我没耐心看那些精巧的废话，自鸣得意的文学手法或讽刺——它们恰恰是我当年看重的东西。我现在就喜欢简单，喜欢朴实无华如寓言一般的情节。我最喜欢的体裁是童话。我热爱弘扬正义、勇敢、善良、诚实的浪漫主义。我热爱的文学英雄是，普通人胆怯时他勇敢，普通人软弱时他坚强，普通人刻薄无耻时他高贵善良。我承认战争让我的品味低幼化了：我读小时候看的童书时会落泪——《学徒哈皮查的奇异冒险》《保罗街的男孩子们》《雪中列车》。要是有人在波斯尼亚跟我说，我会爱上讲述游击队员英勇事迹的故事，比方说，布兰科·乔皮奇的书，我肯定会以为他刚磕了药。

对于克罗地亚、塞尔维亚和波斯尼亚文学应不应该合起来讲这个问题，大多数人都给出了肯定的答案。（“当然应该了。我们说的是同一种语言，不是吗？不过再往下看，为什么不把斯洛文尼亚人、马其顿人和阿尔巴尼亚人也包括进来呢？多多益善嘛。”马里奥写道。）

到了个人简历环节，他们都是用生硬的英语写了两三句话（“1969年，我出生于波斯尼亚萨拉热窝，一直生活在那里……”“1979年出生于萨格勒布，母亲是天主教徒，父亲是犹太人……”“我1972年出生于兹沃尔尼克。父亲是塞尔维亚人，母亲是穆斯林……”“1972年出生于莱斯科瓦茨……”）我读得越多，情况就越来越明显，用外语写作为他们提供了干瘪简短的借口。除了1962年出生于南斯拉夫萨格勒布，我自己也挤不出多少别的内容，因此看到伊戈尔那句“妈的，我没有简历”时，我不禁哈哈大笑，对他很是感激。

我本人的简历像我的公寓一样空荡荡，我不知道是有人趁我不注意搬走了家具，还是一贯如此。直面近年来的经历纯粹是遭罪，而展望未知的未来——我感到不安。（话说回来，是什么的未来呢？那边的未来？这边的未来？还是在别处等着你的未来？）这就是我们觉得标准的个人简历如此艰涩的原因。就连最基本的问题都会让我顿一下。我出生在哪里？南斯拉夫？前南斯拉夫？克罗地亚？妈的！我有简历吗？

我对他们的出生时间也有点迷惑：他们的心智发展远

远落后于实际年龄。或许流亡是一种倒退吧。像他们这么大的人应该干着有价值的工作，抚养子女长大，但他们却在这里，躲在书桌后面。流亡状态唤起了各种被深深压抑的孩童的恐惧。妈妈突然间看不见，摸不着了。这就像噩梦一样。我们在街上，在市场里，在海滩上，不管是我们的错还是她的错，我们的手都分开了，妈妈消失到了空气中。我们面对着一个庞大的、敌意的世界，它令人恐惧。我们穿行在人腿的丛林中，巨大的鞋子凶狠地向我们迈过来，我们越来越惊慌……

从学生们脸上一闪而过的阴影中，我常有一种看到了那种恐惧的全息图的印象。“流亡途中，你既过早地衰老，又永远长不大——两者是同时的。”安娜有一次说。在我看来，这句话里有着深刻的真理。

关于期望从课程中收获什么，乌罗什写道：“回去”。从他的用法来看，它的意思似乎不只是从冲击中缓过来、恢复意识、回到生活，还有回到自身，仿佛它预设了一片空间和一个人，他在空间里漫步，寻找着回家的路。我起初对乌罗什的回答感到气馁，后来却觉得害怕。我做好应对这种需求的准备了吗？

5

荷兰的土地是水平的；
当一切都说完，一切都做完，它就缓缓地消失
变成海洋；海洋也是荷兰，
当一切都说完，一切都做完。
（……）在荷兰
不能爬山，也不能渴死，
更不用说在身后留下清晰的印记了
荷兰人离家时要么是骑车
要么是起航。我们的记忆
是关于另一个荷兰，没有大坝
能挡得住记忆。我的意思是
我住在荷兰这里的时间
要远远长过当地那些波涛，翻滚着却
上不了岸。就像这些句子。

——约瑟夫·布罗茨基

在浴室的镜子里看着自己的倒影时，我偶尔会感到一种一闪而过的欲望，我想知道自己到底在哪里。我和戈兰还在一起的时候，我从来不会问这种问题；我根本不问问题：没时间。他突然不见，我有空余时间了，这让我非常焦虑。好像多了时间，少了我。一种不愉快的感觉越来越经常地把我压倒，一种我之前从没经历过的麻木。我一直在检查我自己，就像一个人做过牙科手术后用舌头检查自己的嘴巴一样，希望把感觉找回来。但是，我自己注射的麻醉药很厉害，拒绝屈服。我不知道它是从哪里来的，也不知道是何时开始的。

搬进来后不久，公寓就开始让我紧张。卫生间狭小无窗，喷头，白瓷砖，水泥地，给人一种噩梦的感觉，仿佛是从黑白老片子里搬出来的。我一直试着给它升级：我买了各种小玩意：一个不错的肥皂盒，一条手工蕾丝边的高档浴巾；我把灯也换了。新安的灯照出了瓷砖缝隙中累积的灰尘，于是，我有天晚上花了好几个小时用一把旧牙刷清理污垢，固执地想用蛮力让它改头换面。门厅特别小，下半边墙刷成灰绿色，中间是一条丑陋的绿色分隔线。黑色的亚麻地板贴面为公寓赋予了一种医院或监狱的氛围。我能做的都做了——我买了一个花瓶、一个落地灯、一张黑白的纽约天际线海报——但它们的在场只是更突出了对缺位的焦虑。缺位的是什么？我没有答案。我在想，换一个空间会不会让我好受些。我也不太确定。入夜后，我会裹着黑暗和毛毯，坐在床边的扶手椅上，透过窗格凝视着外面，警惕着响动和人声，快速走过的一双鞋子或一只猫。这片空间当然不是我。不过，当时的我也不是我。

我在地下室的烦忧像热带植物一样疯长，就像西番莲一样，荷兰人管它叫 passiebloem，城内许多地方的屋墙和园圃的门上都装点着这种爬墙植物。我发现自己经常抓起包，把外衣往肩上一甩就冲了出去，也不知道要去哪里。

这座城市像一只蜗牛，像一个贝壳，像一张蜘蛛网，像一条精美的缎带，像一本情节首尾相接，因此没有结局的奇特小说一样，总能让我惊奇。我总是迷路，很难记住街道的名字，更不用说街道从哪里开始，从哪里结束了。这就像淹死在一杯水里。我感觉自己可能会——如果像爱丽丝那样，我应该会失足掉进洞里——进入第三个或第四个平行世界，因为阿姆斯特丹本身对我来说就是一个平行世界。我像做梦一样经历着它，这意味着它与我的现实存在着共鸣。我试着解开这个谜团，就像我试着解析我的梦一样。

最令我着迷的东西是沙子。我会站在一座正在被拆的房子旁边，看着腐朽的房梁倒下，水从深不见底的地方，从一个丑陋的洞里喷出来——洞就在沙子里。沙子为城市提供了隐喻的基础和现实的地基，在我身上几乎激起了一种生理反应：我的嘴巴里、头发上、鼻孔中总能感觉到它。

我受不了这座城市的居民用来显示它属于自己的众多符号和信号——指纹。我觉得这些信号是孩子气的，因此是动人的，就像汉赛尔与格莱特为了指引回家的路而撒下的面包屑那样[①]。它们每一个——老房子正面墙上的猫咪塑像、伸出窗户的旗帜、海报乃至家人照片，特别是新生儿的照片、刻字和标语、小雕像、玩具、泰迪熊、非洲面具、印度尼西亚人偶、船模、典型阿姆斯特丹房屋的迷你复制品——都传达着一条，唯一的一条信息："我住在这里。看呀！我住在这里。"我感觉这些静物、这些日式插花、这些装置——哪怕是简单的窗边饰品，一个廉价的宜家花瓶，放着一片喜庆的价值两盾的异国船骸——都见证了居民潜意识里对凋亡的恐惧。嵌入玩偶之家的玩具屋、市民们幼稚的炫耀、有意留在沙子上的指纹——在某个层面上，它们都与我自己的烦忧存在共鸣，而我却不能将手指按在我的烦忧的名字和来源上。

① 典出自《格林童话》中《汉赛尔与格莱特》一篇。

我住的地方离火车站很近，我发现候车大厅对我越来越有吸引力，我会站在里面盯着时刻表看，好像显示的进出站车次能够解开我的烦忧似的。有一次，我一时兴起乘火车去了海牙，在城里转悠了一圈，几个小时后返回。从那时起，我就养成了坐火车去对我并无特殊意义的地方。我会去北边的格罗宁根和卢瓦尔登，去南边的鹿特丹、奈梅亨和埃因霍芬，或者去东边的恩斯赫德；我会去附近的哈勒姆、莱顿和乌特勒支；我会单纯因为一个地方名字有意思就去那里：阿珀尔多伦和阿默斯福特；布雷达、蒂尔堡和霍伦；亨厄洛和阿尔梅洛；或者莱利斯塔德，这个名字让我想起了一首摇篮曲。荷兰特别小。我经常随随便便就出门，沿着月台来回走，乘下一班火车回阿姆斯特丹。独自出行让我平静。我会盯着窗外，脑子里一片空白，让荷兰的低地抚平我的烦忧。我喜欢视线中一成不变的一马平川。我还喜欢上了广告牌，会顺着一首儿童数数歌的节奏念出眼前闪过的品牌名：Sony、Praxis、Vodafone；Nikon、Enco、JVC；Randstad、Philips、Shell；Dobbe、Ninders、Ben……正如别人的缺点似乎比优点更让我们着迷一样，我逐渐对贫乏的地貌，对笔直的浅绿色地平线，对寒夜满月之下，在黑暗中闪着光的一群群大白鹅，或者是一动不动的奶牛影子产生了感情，奶牛在路上悠游自在，仿佛是友善的鬼魂。

在火车和车站里，我掌握了孤独的语言。我，漫无目的的漫游者，很快发现自己并不孤独。站在月台上，我会转向另一位和我一样能看到数字时刻表的乘客，然后问道：“不好意思，下一班火车是去鹿特丹吧？”

“抱歉，我说不好。”

“那你要去哪里呢？”

“我？去鹿特丹。”

我会看着火车里的人，倾听他们的交谈，尽管我不懂他们的语言，我会嗅他们的味道。我会把他们的面庞投到电脑屏幕上，然后往下拉，一项一项地查看细节，每幅图像停留的时间或长或短。我常有一种感觉，一个不是我自己的人已经为他们打开了门。

这幅图像是火车上坐在我对面的一位年轻姑娘。她耳朵里有一个小耳机，耳机连着一根线，线伸进一个半开着的、带着思捷商标的手包里。火车里全是人，但女孩对周遭毫不在意：她在大声讲话，面无表情地盯着眼前上方的一个点。她说个不停，刺耳的声音就像机器一样。她坐得笔直，包放在大腿上，可能是害怕包掉在地上散开吧。包的提手同样笔直，几乎都碰到她的嘴了，给人一种她直接把话从嘴里倾入包中的印象。话说完后，她把导线从耳朵上取下来，将手机从包里拿出来关掉，插回装满了她刚刚倒进去的话语之沙的包里，然后拉上了包的拉链。

这幅图像是一位深色皮肤的年轻男子，他在认真读着一本面向外国人的荷兰语教材，嘴里嚼着铅笔上的橡皮，好像它是水果糖似的。他把书放在了大腿上一会儿，把头转向窗外，喃喃自语了几句，把内容印在脑子里，然后回去接着看书。

这幅图像是一对年轻的亚裔情侣，用相同的节奏嚼着口香糖，他们的脸是灰色的，像老鼠似的。女生穿着一件又薄又露、不太干净的罩衫，没戴胸罩，能看见里面小小的胸脯。男生还在嚼口香糖，搂着她，把手伸进了罩衫里，懒散而满足地捏着一侧乳房，好像在调整奶瓶的奶嘴似的。她也在嚼着口香糖，眨着看不见瞳孔的眼睛。

这幅图像是一位倦怠的摩洛哥阿姨，大腿上坐着一个小男孩。他年纪不超过两岁。他长着一头浓密的黑发，像成年人一样梳成偏分。他的面庞全无童真，令人害怕，如同圣像和远古绘画中的形象。

一次旅途中，火车突然停了下来，反方向的火车也停住了。另一辆车上和我正对的位子坐着一位男子，他一只手拿着乐谱，另一只手指挥。他完全沉浸在脑海里的音乐中，指挥的手势简洁、优雅而克制。他的面庞被发自内心的喜悦照亮。外部世界不存在：无声的音乐包裹着它，就像一层坚不可摧的保护罩；什么都碰不到他。但是，火车接着又启动了，他的火车和我的火车，男人的面庞消失了。我感觉一阵刺痛，仿佛我之前在看着镜子里的自己，仿佛我看到了自己，却听不到自己。我感觉自己的镜像沿着另一个方向离开了。

在城市中漫游，一股突然的、几乎不可控制的、可以追溯到某件平平无奇的小事的冲动有时会涌上心头。坐电车时挤在一块赤裸的、光滑的、雄性的肌肉上，我会感到一种把嘴唇压到那块陌生人的金色皮肤上的冲动。或者，身边紧贴着一个戴着耳环的男人，我心里就痒痒的，想要用牙齿把它扯下来。这些强大的、出乎意料的攻击欲望让我害怕，但又让我释然。释然了什么？我也说不上。

我内心的城市地图是自行成形的。图像来来去去，或者停留一段时间，或者像沙子一样飞散。我好像是在雾中或梦中穿行。我在最好的描图纸上画着内心的地图，但我将它从真实的地图中揭下来的那一刻，我惊讶地发现它是一片空白。纸上空无一物。我会被一条线所牵引，兴致昂扬地前进，然后它一下子停住了，断掉了。有时，我内心的地图就像一幅小孩画的稚拙的画。一座事实上像一只蜗牛、一个贝壳、一张蜘蛛网、一座迷宫、一条精美的缎带、一本满是奇妙支线情节的小说的城市，在我内心的地图上却成了一连串空白、间隙、片段和死路。我内心的地图是一位企图确定自身方位的失忆者，一位企图在沙子上留下印记的漫游者的成果。我的地图是一份梦中人的指南。它基本上与现实没有任何交集。

但是，有一件事我是确定的。不论我去哪里，学生们都会为我提供方向。他们是我内心世界的中心，我的大广场，主干道，我的颈静脉。我的话就是字面的意思。

6

于是，我们看到生命在这里保全了下来，但为此却付出了比生命本身还要高昂的代价。因为保卫、维持生命的力量是从子孙那里借来的，于是子孙生来就背上了债务，受到了奴役。这场挣扎中幸存下来的只有保卫生命的本能，而生命本身早已流失，只剩下“生命”这个空名。苟延残喘者是压抑的，扭曲的，而降世者生来便受毒害，他们的心是病的。人们没有完整的思想和言语，因为他们从根上就被铲断。

——伊沃·安德里奇

我告诉他们不用担心成绩：都会拿高分的。我跟他们讲，我发现他们大部分人学塞尔维亚-克罗地亚语是出于实用目的，所以我不会为难他们。

“我就是来做两个学期的客座讲师，不是来给你们当师长的，所以你们也用不着跟我演戏。”

“那我们干什么？”有人问道。

“没什么。”我说。

“没什么？”他们窃笑着说道。

“好吧，会有点事做的。”我说。

我能感觉到他们在看我，显然已经迷糊了。

“那好，反正我也来不了，”一名年轻女子说，“我怀孕了。”

“没问题。”我说。

“谢谢。”年轻女子边说边收拾东西，然后走出了房间。

哄堂大笑过后，学生们回过头来看我，等着看好戏。梅丽哈发话了。

“我们到了，他们一上来就把我们送到难民营——你也知道那帮达舍人的手段——然后就是心理治疗。好吧，结果我们那个心理医生是我们的人，也是难民。你知道她怎么跟我讲？‘大家伙儿，帮我个忙好不好？找点毛病出来。编点这里疼那里疼也行。我不想丢掉工作啊……’”

我们都笑了。下课铃也响了。

我处在一种荒谬的境地，我自己当然明白，太明白了：我要教授一门官方上来讲已经不存在的课程。大学里本来有一个南斯拉夫语言文学系——教授斯洛文尼亚、克罗地亚、波斯尼亚、塞尔维亚、黑山和马其顿文学——现在已经随着南斯拉夫国家而一起消逝了。另外，分给我的学生对文学兴趣也不大，他们想的是荷兰的证件。他们是从一个国家（或者说，多个国家）主动逃离或被迫驱逐来到荷兰的，而校方雇我来就是教他们这个国家（或者说，这些国家）的文学。家已经变为废墟，而我的职责就是在瓦砾堆中清出一条小路。

于是，我做了一个决定：我的工具就是语言，我们的语言，塞尔维亚－克罗地亚语。但是，这门曾经在克罗地亚、塞尔维亚、波斯尼亚和黑山使用的语言，现在与南斯拉夫一样解体了，变成了三门官方语言：克罗地亚语、塞尔维亚语、波斯尼亚语。诚然，克罗地亚人和塞尔维亚人在南斯拉夫时期就享有一定的自治权，但现在又加入了新事物：边境检查点，它们凸显了两个民族的差异。我不关心这些新语言。区别有什么？五十来个单词。我根本提不起兴趣。我更关心的是这门语言包含的某种生硬感，正是这种感觉让我的学生们不愿也不能运用它：他们的母语之前就渗进了半生不熟的英语，最近又加入了半生不熟的荷兰语，已经不再纯正了。

我告诉他们，我坚信克罗地亚语、塞尔维亚语、波斯尼亚语是同一门语言的三个变种。“所谓语言，就是背后有军队的方言。克罗地亚语、塞尔维亚语、波斯尼亚语背后是民兵。你也不想让半文盲恶棍对你的语言指手画脚，对吧？”但是，我也意识到了一点：我是最后一代在中小学课本里能同时接触到斯洛文尼亚、马其顿、塞尔维亚和克罗地亚文学，而且原文是拉丁字母就用拉丁字母，原文是西里尔字母就用西里尔字母的学生了。这些课本本身的存在很快也会被忘却。

但是，事情并不简单。我提到军队的时候可不是打比方，学生们都知道。他们知道，我们的语言背后都有荷枪实弹的兵，我们的语言被用来咒骂、羞辱、杀戮、强奸和驱逐。这些语言怀着一个信念开战了：它们之间是不可妥协的。或许，不可妥协的原因正是不可分离。

证件上的语言栏五花八门。屠夫也好，面包师也好，每个人都速成了语言学。战争催生了词典差异化。大部分塞尔维亚人早已转用拉丁字母，现在又要全盘改回西里尔字母；克罗地亚人迫不及待地要打造克罗地亚语的克罗地亚，于是从俄语里借用了几个奇怪的构词法，又从“二战”时期的语言里搬来了一些更奇怪的词汇。这是一场包含着怨愤和怒骂的分离。毕竟，语言是一种武器：它会烙印，它会背叛，它会分离，它会联合。克罗地亚人吃krub，塞尔维亚人吃hleb，波斯尼亚人吃hljeb：面包在三门语言里是三个单词。但表示死亡的词只有一个：smrt。

我倒也不是说分离前的那门语言——叫它塞尔维亚－克罗地亚语也好，克罗地亚－塞尔维亚语也好，塞尔维亚语，克罗地亚语都好——就是一种更优秀，更值得认可，可惜在战争中被毁掉的语言学建构。不，它当年也发挥着政治功能；它背后也有一支军队；它也曾受到高度意识形态化的南斯拉夫共同语的操纵和浸染。但是，与一夜间的解体相比，将多种语言变体合而为一的过程要更漫长，也更有意义；正如与一夜间的拆毁相比，建造桥梁和道路的过程要更漫长，也更有意义。

波班跟我们讲了自己经常做的一个梦。在梦里，他在找萨格勒布的一条街道，但不敢问路，怕别人听出来他是贝尔格莱德人。

“听出来又怎样？”我问。

“他们就知道我是塞尔维亚人了呀，没准会朝我吐吐沫，把我轰走。”

“那又如何？”

“那我就找不到那条街了啊。”

“你找谁呢？”

“我女朋友。她叫玛雅。”

有人笑出了声。

“你的玛雅，她住在哪里？”

“过了莫萨·皮雅杰大街往右拐。”

“莫萨·皮雅杰大街改名了。”我说。

“叫什么啊？”

“梅德韦沙克。”

“谢谢啊。”他严肃地说道，好像当天晚上就能用上这条信息一样。

“玛雅那条街会不会叫诺瓦卡瓦街。”

“诺瓦卡瓦？”我问道。

“没错！”他大喊道，脸上绽放着欣慰的光芒，“诺瓦卡瓦！”

“幸好你梦里没跑去波斯尼亚，兄弟，”塞利姆说，“要是让我们的人盯上你，你就等着浑身冒冷汗吧。”

屋里鸦雀无声。塞利姆刚刚投下了一枚炸弹。

“塞利姆，从现在开始，这种话你自己知道就行了。我不想让教室变成战场。”

塞利姆受不了波班的塞尔维亚做派，这是明摆着的：波班发言的时候，塞利姆就翻白眼，大口喘气，捂着嘴咳嗽。轮到塞利姆发言时，他的波斯尼亚口音会比在外面时更重，我很确信这一点。

奈维娜完全不一样。她讲话的特点是语言分裂症：她会结结巴巴地混用各地方言，比方说一句话开头是南塞维尔亚方言，接下来是萨格勒布腔，然后是拖腔拉调的波斯尼亚语，令人眼花缭乱，不禁会觉得她是不是自闭少女。她后来跟我解释说，她爸爸是塞尔维亚人，妈妈是克罗地亚人，两人一直剑拔弩张，最后在战争爆发前夕分开了。种族问题压在我们每一个人的肩头。奈维娜后来搬去跟波斯尼亚的奶奶同住，后来辗转来到阿姆斯特丹，开启了难民生涯。

“我在荷兰语里比较舒服。”她告诉我，好像荷兰语是个睡袋一样。

乌罗什一直嘟嘟囔囔的，我们都听不太明白。他讲话也爱用地方土语。就像十九世纪俄国小说里的仆人一样，他似乎在用这些土语来安抚身边的人。他跟人说话时，好像害怕对方打他的鼻子，而这些亲切的乡音能抵挡伤害似的。班上其他人都取笑乌罗什的土话，就像荷兰人一样。于是，对乌罗什来说，课堂发言成了语言审判，所以我基本不叫他。

伊戈尔荷兰语说得很好。对他来说，荷兰语意味着自由，而母语则成了负担。

“我在讲我们的语言时，我感觉就是在乡下演戏，你懂我意思。”他说。“你懂我意思”是用英语说的。他在说我们的语言时总会掺上一点英语，这样他觉得更自在。

“我们的语言，每一门语言，它们都想要建立一套标准语。但只有不纯的、俚俗的变种听起来才舒服自然；也就是方言。听达尔马提亚人讲克罗地亚语的时候，我就在想：‘哈哈，真酷。’而听官员讲克罗地亚语的时候，我就想到了盛气凌人，还有强奸。这些语言有不少都多少有些不自然——克罗地亚语、塞尔维亚语、波斯尼亚语……你看，我是玩摇滚的，搞音乐的。我耳朵很灵的。我知道自己在说什么。”

伊戈尔口中我们的语言指的是标准克罗地亚语。自从他出国以来，这门语言变得更加古板了。媒体里每天都在播。改口音的压力是很大的。有些人顺从地说起了新话，其他人则噤若寒蝉。有些人将其视为表忠心的唯一途径，其他人则认为它是一场噩梦。干瘪空洞的套话能让日子变得简单，让长的故事变短。套话就是密语，能抹去说话者的个性，在他身边竖起一道墙。套话是关于不可言喻之事的语言。只有两种选择：诚实地沉默、欺骗地发声。

年轻人自发地躲进了他们曾经鄙夷，视为土话的方言里面；或者遁入私人言谈，比方说小伙伴和同学。官方语言随着战火而来，蔓延荼毒。方言和私人言谈是他们临时的避难所，就像是小孩子编的密语，专门不让大人听懂。I—ay，ust—may，el—tay，u—yay，um—say，ing—thay.

语言是我们共同的痛，可以呈现出最扭曲的形态。有一个波斯尼亚女人的案例让我久久难以忘怀。据说她背下了自己被强奸的故事，有机会就跟别人讲。然后，强奸战在国际上出了名，而她是唯一能说出连贯故事的受害者。她迅速成为外国记者和女性组织的抢手人物，其中一家还请她去了美国。她在美国各城穿梭，编织着受辱的故事，最后竟然可以拿英文直接说了。她讲啊讲，不停地讲，早已离题万里——就像葬礼上雇来的哭丧农民一样。让自己变成播放悲痛故事的录音带正是她压抑痛苦的方式。

我经常在想，自己的克罗地亚语是不是也开始变得干瘪，失去色彩了。有的时候，我觉得自己成了外国学生，正在学习克罗地亚语：我的克罗地亚语是那么程式化，那么冷冰冰的，似乎嘴里真的有冰块一样。

“还记得我们以前看过的日本武士片吗？”波班有一天说道，“武士不说话，只有表情和翻白眼。不说话，突然蹿出去。我一直都挺怕的。好了，现在我们跟他们武士一样了。脸庞通红，眼睛瞪得大大的，太阳穴的血管都要爆了。一言不发。拔刀吧。”

班里爆发出一阵掌声。

“好啦，好啦！”伊戈尔说，“真不知道你还有这一手！米洛舍维奇听了手都抬不起来！”

"好样的！"梅丽哈说，"我是萨拉热窝武士。"

梅丽哈总是有货。她的萨拉热窝故事我们都听不够——恐惧、黑暗、侮辱、疯狂、仇恨、生与死……梅丽哈特别会讲细节，哪怕是拉响警报后伸手不见五指的避难所。她讲过什么？她讲有一个女人，孩子被手榴弹炸死以后就发了疯病，拿面颊在自家灰泥外墙上蹭了好几个钟头，整个脸上都是伤。她讲了自己打仗前的生活，她去的第一个难民营，还有一位优雅的荷兰老男人花钱请她做伴。她讲了自己的妈妈，照顾邻居家的三岁小孩，顺便学点荷兰语，在孩童的呓语中走进一个没有伤痛的世界，抹去她渴望遗忘的不久前的回忆。

我们认真听着她的每一个字。只有她一个人愿意敞开心扉。有的人惊魂未定，有的人觉得太羞耻了。有的人不说话是因为负罪感，因为他们没能亲历战争；其他人不说话是因为恐惧，因为他们亲历了战争。

归根结底，国内的语言民族性大讨论既是谎言又是灌输；归根结底，我的学生们虽然在英语和荷兰语上都有很大提高空间，但他们都觉得说这两门语言比说母语更自在。母语即族语。克罗地亚诗人在狂喜中会这样形容它：

狂风，巨钟，回响，轰鸣
雷霆，咆哮，回荡——

突然间，母语在他们眼中呈现出了全新的模样。民族性更像是一种语言贫血症，言辞的枯竭，抽搐，口吃，赌咒，发誓，或者是纯粹的语言暴力。

“兄弟姐妹们！”梅丽哈有一天突然喊道，“去他的语言吧！我们只要说话！”

一瞬间，活力回来了。

7

我在系里感觉自己是个偷渡客。我多次试图约见系主任和我的东道主塞斯·德莱斯玛，而他总是说："好呀，没问题。只是我现在太忙了。如果有实际问题要解决的话，杜尼娅肯定会帮你的。"

杜尼娅是系里的秘书。她是荷兰人，嫁给了一名俄罗斯人。她的真名叫安妮卡。安妮卡看起来活像一只懒洋洋的大海豹。她在身边摆着盆栽的水族馆（也就是办公室）里晒太阳，偶尔会用空洞的凝视来迎接访客。没有事能提起她的兴致：不管我有什么问题，她总是不情愿地答一句是或不是，或者装听不见。

"咱们该聊聊我开的课了。"我提醒过德莱斯玛好几次。

"斯拉夫人天生会教书。"他会用足球教练的口气说道。

我分不清这句话是揶揄还是称赞。

"伊内丝问你好。等她把返校的事情忙完，我们就请你吃饭，怎么样？"

德莱斯玛只是确认了我每一次给伊内丝打电话时都会

听到的话。(“你该过来看看我们啊。不过，还是等忙完了再说吧。你是不知道小孩有多烦人。我连理个发都不行。你肯定没问题的。我跟你讲啊，你去各个博物馆都转一圈，然后我们就请你过来。”)

斯拉夫语言文学系在五楼，由一条又长又暗的走廊和十五扇关着的门组成。我不时会看到一个同事钻进自己的房间，丝毫没注意到我。安妮卡总是关着系办公室的门，而且经常挂出马上回来的牌子。我最后不再尝试跟德莱斯玛见面了。我唯一能经常看到的人就是胖乎乎的俄罗斯讲师。她坐在半掩的门后面的书桌旁，嘴唇一动一动的，好像在吃一个看不见的三明治或默念着什么。

“Zdravstvuite。”我跟她眼神相遇时，她都会用俄语害羞地说一句你好。

只有一次有同事敲过我的门。

“我可以进来吗？”他问道。

“请进。”我说道。

“你就是我们的新同事吧。”

“你可以这么说。”

男人伸出手。

“很高兴见到你。我叫维姆。维姆·胡克斯。我教捷克语。捷克语与捷克文学。左边最里面的一扇门。”

我马上就喜欢上了他。

“我想知道塞斯为什么没有把你引见给任何人。”

“哎呀，大概是因为我只在这里两个学期吧。”

“那怎么了？那也该引见啊。”

“我猜这边学术圈的规矩就是这样吧。”

“这个，我们荷兰人确实不着急。我请人去家里做客是几年前的事了。隐私是各种事情的绝佳借口，包括对你不可饶恕的怠慢。‘我们不是不愿意。我们只是不想勉强。’”

“真的吗？”

“欢迎来到全世界最虚伪的国家！”他说，“你就跟我讲，你干得怎么样？”

“还行。”

“你教什么课？”

“目前还只是熟悉学生。”

“米罗斯拉夫·克尔莱扎是个好作家。”他说。

“你们捷克人也不赖。”

“天气怎么样？外国人总是抱怨我们这儿的天气。”

“好吧，这边不是加勒比海，不过……”

“你觉得无聊吗？”

“你怎么这么问？”

“因为这是全世界最无聊的国家！”

“这不是有点自相矛盾吗？”

"你什么意思？"

"一个国家怎么能既虚伪又无聊呢？"

"只有荷兰有这个特质。"

"我还觉得东欧人才是自黑大师呢。"

"不，那是我们的另一个特点。只不过你可别被我们糊弄了。我们不当真的。我们其实觉得自己最好了。这是殖民者的傲慢。殖民地没了，傲慢还在。你会发现的……"

他看了看手表，起身说道："你看啊，你随时可以来找我。咱们可以找地方喝个咖啡。左边最里面的一扇门，全楼层最小的一间办公室。你的比我的大多了。你是前南斯拉夫来的。你的等级比我们捷克人高。"

"什么意义上的高？"

"你们有民族主义、战争、后共产主义。我们净忙着海牙那摊子事。"

"真不幸。"

"那是个多好的国家啊！杜布罗夫尼克是我见过的最漂亮的城市！真不知道事情怎么会变成这样。"

"你不会以为我知道吧？"

"那倒没有……不过，你拿刀捅进别人的肚子，肯定会闹出大动静来的，然后全世界都知道了。我们是悄悄地干。我们不想让人知道，连受害者都感恩戴德……咱们回聊。很高兴遇到你。"

他起身离开，到门口又转了过来。

“达尔马提亚海岸外有个岛，外国人老也不会念……”

“克尔克（Krk）。”

“对的。岛名的意思是脖子吗？”

“脖子？不是。脖子是 vrat。你为什么这么问？”

“因为 krk 在捷克语里是脖子的意思。而且捷克人喜欢用一句话来刁难外国人：Strč prst skrz krk。”

“那是什么意思？”

“把手指捅进脖子里。”他一边大笑，一边比画了一下。接着，他一阵风似的再次转身，沿着走廊离开了。

五层总是如此荒凉，以至于我不再感觉自己是偷渡客了。我也不再问秘书问题，不再敲德莱斯玛的门了。不过，我确实闯进过维姆的屋子三次。他的办公室确实比我的小。他每一次都告诉我自己恰好很忙，而且每一次都把一本他写的专著塞到我手上，书上有他的签名——我猜是某种安慰吧。第一本讲的是卡雷尔·恰佩克的《荷兰来信》，第二本讲的是昆德拉小说中的厌女症，第三本讲的是博胡米尔·赫拉巴尔散文中的语言享乐主义。

我们从来没有出去喝咖啡。在系里，唯一和我有着活生生的交流的人，就是那个胖胖的、手里拿着隐形三明治的俄罗斯讲师。每当我从她的办公室门前走过，她都会把看不见的食物咽下去，怯生生地说一句 Zdravstvuite。

全盘考虑的话，系里给我留下了压抑的印象，而且我怀疑当地的斯拉夫学家正是西欧斯拉夫学家的典型形象，这让我更加郁闷。西欧斯拉夫学家涉足该领域通常是出于情感原因：他们爱上了异国情调的东欧集团的某个类型。或者，他们会在事后说这是一桩政治－文化－专业－感性正确的结合，以此强化自己对研究领域的选择。还有一个因素：这个领域让他们成了一片片狭小的、远离大路、从未有前人进入的语言与文化封地的绝对领主，因此他们的能力得到充分衡量的概率在统计学上不显著。尽管我是最不应该谴责他们的人，鉴于我拿到这个职位是因为我恰好认识伊内丝，她恰好嫁给了德莱斯玛，他恰好又是系主任。

8

安娜：红白蓝三色条纹塑料大包

它只是一个塑料大包。它特别的地方在于有红白蓝三色条纹。它是地球上最便宜的手提包，是无产阶级的路易威登。它能拉开关上，不过拉链总是用几天就坏。我小的时候总是绞尽脑汁地琢磨，他们是怎么把樱桃或其他夹心弄到巧克力里面，而且没有洞也没有缝。现在，我正绞尽脑汁地琢磨另一个幼稚的问题：是谁设计了这款红白蓝三色条纹塑料包，然后复制了上百万个送到全世界的。

红白蓝三色条纹包好像是对南斯拉夫国旗（红、白、蓝！我们永远忠于你！）的戏仿，只是去掉了红星。我第一次见到它是在跳蚤市场上。波兰人会带便宜的妮维雅面霜、亚麻餐巾、野营帐篷、充气床垫一类的东西过来。如果我问波兰人，他们肯定会说是从捷克人那里搞来的。捷克人会说，不，不是我们生产的，我们是从匈牙利人那里搞来的。不，匈牙利人会说，我们是从罗马尼亚人那里搞来的。不，不是我们，罗马尼亚人会说，是吉卜赛人造的。

无论如何，红白蓝包横行中东欧，直到俄罗斯，甚至可能到了更远的地方——印度、中国、美国、全世界。它是穷人的行李包，是小偷和黑市商人、周末倒爷、跳蚤市场小贩兼销赃者、难民和无家可归者的行李包。啊，牛仔裤、T恤衫、咖啡装在这些袋子里，从的里雅斯特来到克罗地亚、波斯尼亚、塞尔维亚、罗马尼亚、保加利亚……从伊斯坦布尔来的皮夹克、小包和手套，从布达佩斯的中国市场去往马其顿、阿尔巴尼亚、波斯尼亚、塞尔维亚的杂货，你就说吧。红白蓝条纹塑料包是游牧民，是难民，是无家可归的人，但它们也是活下来的人：它们不要票就能坐火车，不要护照就能越过边境。

当我在阿姆斯特丹的一家土耳其商店偶遇它时，我当即花两盾买了下来。接着，我把它对折起来放好，就像我妈妈收藏普通白色塑料袋那样，“因为你永远不知道它们什么时候用得上”。我意识到，买下这个包就是一次自己主持的入门仪式：我加入了全世界最大的门派，门派的代表色、徽记、纹章三位一体，就是红白蓝三色条纹塑料包。我唯一搞不清楚的地方是，到底是谁把红星给摘掉了。

我们的游戏来自安娜的招牌大包。

“首先就像我们的人过去常做的那样，”梅丽哈说，“用线扎紧，免得东西漏出来。”你没准会以为她在描述某种情趣仪式吧。

“我必须说，每次看见我们的人从机场的行李传送带上拿起这些破烂儿时，我都替他们感到羞耻。”达尔科说。

“我也觉得烦，”伊戈尔说，“我就想，看看这些与我同行的乡巴佬吧。不过，我现在觉得它挺酷的。”

“怎么说？”我问道。

“你知道世界上谁的行李最值钱吗？”

“麦当娜？”

“不对。是俄罗斯人。头牌妓女和黑手党大佬。所以我才迷上了吉卜赛人的模样：像长统靴一样扎紧的塑料包，大金牙……安娜，你讲红星没了，说得真对。我们都是无产阶级！只不过马克思爸爸已经死了，入土了。”

“没错！”梅丽哈大喊道。

我提出这项作业，或者说游戏，是有一点不自信的，这是实话：南斯拉夫日常生活录。安娜是第一个交的，她第二堂课就带来了这篇讲吉卜赛大包的作文。于是，我提议用她的虚拟吉卜赛大包来收藏思南博物馆的所有藏品。

“什么博物馆？”他们问道。

“哦，它也是虚拟的。就是你记得的、认为重要的一切。那个国家已经没有了。何不抢救出一些你不想遗忘的东西呢？”

“我记得铁托生日举行的游行，”波班说，“我们每年都在电视上看。”

“可我们都记得呀，兄弟，”梅丽哈说，“讲点私人的吧。”

“我的第一辆自行车。粗短胖的那种，我们管它叫小马，”马里奥说，“它算吗？”

“当然算！”

“就像男人一样：阳具的象征，”梅丽哈讥讽道，“食物呢？Burek（布雷克饼）和 baklava（巴克拉瓦点心）。”

“Burek，baklava，还有罂粟籽[①]面条。”

提起巴拉舍维奇（Balašević）的歌时，大家都兴奋起来。

“要是面条也算的话，那什么都算。”奈维娜说。

---

① 罂粟籽本身不含致瘾性毒素，在欧美为广泛应用的香料。但在我国，罂粟种子不可作为香料和调味品使用。

“让你感到快乐的东西都算。”我说。

“或者悲伤？”塞利姆说着垂下了眼睛。

“或者悲伤，”我说，“可以呀。”

“奥马尔斯卡集中营呢？”

屋子突然静了下来。我有些畏缩。

“你想要讲它，塞利姆？”

“我有什么好说的？我只有那一件虚拟展品。塞尔维亚人在那里割开了我爸爸的喉咙。”

塞利姆又投下了一颗炸弹。我不能说自己毫无预料：我从一开始就在雷区中摸索前行。我们都有战争的记忆，塞利姆承受过的这种打击不可胜数。塞利姆和梅丽哈都亲身经历过最激烈的战争。乌罗什和奈维娜拒绝谈论战争，尽管他们同样来自波斯尼亚。马里奥、波班和伊戈尔是不想应征入伍而出国的，似乎也避免了民族主义疯病的感染——波班是塞尔维亚民族主义者，马里奥和伊戈尔是克罗地亚民族主义者。约翰内克在荷兰追踪着事件发展。安娜是在战前随荷兰丈夫抵达阿姆斯特丹的，一直通过克罗地亚、塞尔维亚和荷兰媒体关注战况，但偶尔也会回去，不只是去贝尔格莱德，也去萨格勒布，她在萨格勒布有近亲。与他们的战争经历相比，我的经历就太渺小了。

我意识到我必须找到某种共同的基础，因为他们的区别不只是战争经历而已；他们的兴趣也有不同。梅丽哈有萨拉热窝大学的南斯拉夫文学学位，乌罗什则只在波斯尼亚地方小镇上过中学，现在是刚刚上大学。马里奥之前在萨格勒布大学读社会学。安娜曾进入贝尔格莱德大学英文系，但几乎刚开学就退学了。奈维娜读过两年的经济学。安特毕业于奥西耶克的教师培训学院。波班上到了法学院二年级。达尔科毕业于奥帕蒂亚大学的酒店管理专业。战争爆发时，塞利姆刚刚进入萨拉热窝大学数学系。伊戈尔有点游荡者的意思：他说自己学过一点心理学，还告诉我说，他在萨格勒布戏剧电影学院舞台剧导演专业读过两年。我从来不追问他的过去，那好像也不重要。

至于共同的基础，我能感受到他们内心的分裂，他们的愤怒，被压抑住的抗议。我们全都遭受过某种侵犯。我们被剥夺的事物的列表既长又可怕：我们被剥夺了出生的国家和正常生活的权利；我们被剥夺了我们的语言；我们经历了羞辱、恐惧和无助；我们领会到了被贬低为一个数字、一个血缘群体、一堆东西意味着什么。有些人——比如塞利姆——失去了亲朋好友。他们的命运是最难承受的。现在，我们都处于某种康复期。

在这样错乱的环境中，我必须找到一块同等地属于每一个人，而且尽可能不会伤害我们的领域。我觉得，唯一可能的就是我们共同的过去。因为另一个我们都被剥夺的东西是记忆的权利。随着国家消亡而来的是这样一种感觉：在它里面度过的生活必须被抹去。新掌权的政客不满足于权力本身；他们想要自己的新国家成为僵尸，也就是没有记忆的人的国度。他们嘲笑南斯拉夫的过去，鼓励人们弃绝过去的生活，把它忘掉。文学、电影、流行音乐、笑话、电视、报纸、消费品、语言、人——把它们全都忘掉。最后，这些事物中有许多以电影胶片和照片、书本和手册、档案和纪念碑的形式被扔进了垃圾堆……思南病，对那个前国家生活的缅怀，变成了政治颠覆的同义词。

国家分裂、战争、对记忆的压抑、幻肢综合征、群体性精神分裂，还有之后的流亡——我敢肯定，我学生们的情绪和语言问题就是这么来的。我们都处于混沌中。没人清楚自己是谁或什么，更不用说想要成为谁，成为什么了。在老家，他们讨厌被归类为思南病患者，或者说恐龙，但他们与新造政权打包好的美好未来愿景又没什么亲近感。而在荷兰这里，他们又被污名为政治避难的受益者、难民或外国人，后共产主义时代的子女、被巴尔干化甩出来的人或者野人。我们来自的国家是我们共同的创伤。

我意识到自己是在走钢丝：激发记忆既是对过去的操

纵，也是对它的禁止。我们的前国家的当局已经按下了删除键，我按下了恢复键；他们在抹除南斯拉夫的过去，将每一件不幸都归罪于南斯拉夫，包括战争在内，而我通过构成了我们当年生活的寻常小事的形式唤起了过去，进行了一次失物招领活动，如果你愿意这么叫的话。尽管他们在操纵数百万人，而我只能操纵这里的几个人，但我们都在搅浑现实。我在想，通过唤起令人喜悦的共同过往经历的图景，我会不会在模糊最近这场战争的血腥图景；通过提醒他们 Kiki 牌糖果的滋味，我会不会在淡化那个只因为他是阿尔巴尼亚人，就被同龄人捅死的贝尔格莱德男孩的案件；通过鼓励他们回想流行漫画书里的南斯拉夫游击队员米尔科和斯拉夫科，我会不会在推后他们直面那些沉醉迷狂于短暂权力的南斯拉夫战士对同胞所犯无数暴行的时间；或者说，通过唤起那首流行歌曲的副歌歌词美人啊，只要你知道了波斯尼亚人的吻，事情就会这样发生，我会不会麻木了无数波斯尼亚死难者带来的冲击，比如说塞利姆的父亲。暴行是列也列不完的，而我却在这里，用甚至已经不复存在的、渺小的寻常乐事将暴行推到背景中去。

另一方面，这一切都是相互关联的；你不能只要这一个，不要那一个。死亡嚼着 Kiki 糖。杀人，被杀，抢劫，被抢，强奸，被强奸，在廉价流行副歌的伴奏下。士兵在将刚抢来的彩色电视机拖回战壕时被子弹击中。死亡与日复一日的琐碎牵着手，一起走。Kiki 糖果这样的细节在无数个变体中复现——比方说，一名被狙击手击中的女孩，从唇上滴下的鲜血因为混入了她之前在嚼着的 Kiki 糖果而变甜。恶与日常的人造物一样平庸，并无特殊地位。

如果我们不首先与自己的过去达成和解，我不知道我们如何才能应对它。因此，我选择了一样我们都感觉亲近的东西作为共同的基础——我们所熟悉的、在南斯拉夫共同经历的日常生活领域。

渐渐地，我们的红白蓝三色条纹大包鼓了起来。包里什么都有一点：已经死去的南斯拉夫中小学体系、南斯拉夫流行文化偶像、各种南货——食品、饮料、服饰等等——还有南斯拉夫的设计风格、意识形态口号、明星、运动员、集体活动、南斯拉夫社会主义的神话与传说、电视剧、漫画书、报纸、电影……

波班发现了不少南斯拉夫电影的视频，因此我们有很多东西可以看。它们是证明南斯拉夫生活存在过的有力证词。从事后聪明的角度来解读那段生活，我们在一个又一个细节中发现了未来的先兆，成真的预示。

我很快就放下了困扰过我的忧虑：我们的考古发掘，我们的招魂仪式，唤回我们更美好的过去让我们变得过于亲密，越来越难分离。于是，我们实行了另一个当年的习惯：下课后，我们会到咖啡馆里聚会谈天，直到要赶末班地铁、公交车或火车时才分开。在外人看来，我们肯定像是一个念着魔法咒语，召唤神灵的部落；我们肯定好像形神分离了一样。怎么说呢，某种意义上，我们确实在出神。

我最难处理的一个学生是伊戈尔。他的记忆让我惊讶：他对他绝没有可能经历过的事情有着最生动的回忆。

“你当时还没生出来呢！”

“可我有南斯拉夫基因啊，同志，基因记得。”

南斯拉夫基因（Yugogenes）是他生造的一个看似无意义的词语，他像荷兰人一样把里面的 g 发成了刺耳的喉音 h，对此颇为得意。我们都笑了。我的学生们显然喜欢这样一个想法：记得我们的过去的不是我们，而是虚幻、我们不必为其负责的 Yuhohenes。

我经常在城里偶遇学生。我们见面时高兴极了，仿佛是多年不见的老友。我们会把语言形式的甜美唾液涂在彼此身上，拍着彼此的后背，然后到咖啡馆里喝上一杯无限续杯的 kopje koffie[①]，爱抚彼此的耳朵。

---

① 荷兰语，意为：一杯咖啡。

我闲逛时最常见到的学生是伊戈尔。这个背着双肩包，脖子上永远绕着耳机线的高个子会没来由地突然蹦出来。

“你来这里做什么？”我会问他。

“你呢？”他会反问道。

“你说呢？”

“Lope 一下怎么样？”

他们就是这么说话的。这是他们的方言。他们说的 lope 是散步的意思，源于荷兰语里的 lopen。他也可能提议来个 wandel，出自荷兰语里的 wandelen，意思也是散步。他们还会说“咱们去喝个 kopje koffie 吧”一类的话。塞利姆的荷兰语 - 波斯尼亚语混搭真是要命。

尽管我的学生们明确表示自己很喜欢这项共同的作业，但我还是摆脱不了雷区的画面。有一天，我和伊戈尔在街上溜达时，我试着挑起这个话题。

“你跟我说，伊戈尔，你觉得咱们的课怎么样？”

“你知道铁托与未来妻子第一次相遇时对她说了什么吗？”

“不知道，你说吧。”

“听我说，约万卡。

你的双手没有我的罪孽多。

今晚，我的额头在燃烧。

我的眼皮在颤抖。

今晚，我会做一个美梦：

你的美会带给我死亡！”

就这样，一名克罗地亚女诗人的诗句与一位克罗地亚男诗人的诗节在伊戈尔的想象中融为一体。

“你心里就没点值得敬畏的东西吗？”我大笑着说。

他没有回答，而是问道：“告诉我，同志，你有没有注意到，天使从来不笑？”

“我只能说，我没怎么想过这个问题。”

“你从来没有直视过天使的眼睛？”

“没，我觉得没有……我不记得有……”

“那好吧，我们有一件要紧事去做了。”

那天下午余下的时间里，我们就泡在阿姆斯特丹国家博物馆观看老大师笔下的天使面庞。

“你看，我说的没错吧？”他说，“天使从来不笑吧？”

“就像刽子手一样。”

我们都哈哈大笑起来，尽管这一点都不好笑。大笑是应对看不见的烦忧的一种方式。

疗伤者，我突然想到——正在从某种创伤或疾病中恢复的人，车祸、洪水、海难——他们也不笑。我们都是疗伤者。不过，我什么都没有说。

9

在我们想象出来的实验室的冷漠墙壁之间，我们将生命注入一条已经不在的生命中。我们轮流按压心脏，做人工呼吸。尽管笨拙而业余，但我们最后还是成功地恢复了那个逝去年代的脉动。

大多数人回到了自己的童年：那是最安全、最少威胁的领域。具体细节到底是亲身经历过的，或者从父母那里听来的，或者自己编的——伊戈尔经常这样做——都不重要。每一个细节都包含着一点真实。

至于整体状况，那是翻译不过来的：我们在讲着一门只有我们自己懂得的灭绝语言。我们怎么能够向任何人解释这些词语、概念和意象，以及——更重要的——这些词语、概念和意象在我们心中唤起的感觉呢？这是炼金术：我曾向他们保证终点会有黄金，尽管我完全知道一个在某个时刻灿烂夺目的细节，到了下一刻就可能会暗淡消散。我们共同复苏的心脏也一样。

我有时就在想，我在做的事情是不是与我以为自己在做的事情背道而驰。毕竟，南斯拉夫后继诸国的意识形态宣传家给共同过去泼上的脏水已经起了反作用：脏水让共同的过去更吸引人了。或许，激发过去的记忆会破除它的光环。又或许，重构过去的尝试最后可能不过是苍白的模仿，从而暴露出我们以为如此强大的包袱其实那么贫乏。然而，每当我在头脑中琢磨上述及相关问题时，我们从回忆游戏中获得的乐趣就会将这些问题推到一边，正如我曾把一个如同一吨重的砖头那样砸中我的发现推到一边：我发现自己忘掉的东西比他们多得多，因此并不是他们最够格的回忆导师。不过，现在已经太迟了：我已经发动了齿轮，再也阻挡不住了。

奈维娜：每月一号

我爸爸是工人，妈妈是家庭主妇。我们最重要的家庭节日就是一号。爸爸会把装在工资袋（当时就是这么叫的）里的工资带回来交给妈妈。妈妈负责管钱：这些是燃气费，这些是电费，这些是房租，这些是分期还款。接着，我们会穿上好衣服，就像下馆子似的，一起去购物。

提起购物，爸爸用的是土耳其语词的 bakaluk，妈妈用的是克罗地亚化的德语词 fasung。Fasung 活动由妈妈主导，因为只有她知道我们需要什么（多少糖，多少面粉，多少油，多少盐，多少咖啡，多少通心粉和面条，好撑到下个月的一号），我们都挺着胸跟在她后面。妈妈总是买生咖啡豆，拿回家用一个开着小洞、一侧有把手的圆筒形锡壶自己烘焙。我们会把灰色的咖啡豆从洞里倒进去，把洞关严，放到炉子上，然后摇动把手，壶就会转动起来，壶里的咖啡就会在明火上慢慢烘焙。整间公寓都弥漫着新鲜烘焙的咖啡香味。我爱极了那个味道。我们需要好多咖啡，因为邻居们每天都会过来找妈妈喝咖啡。别的东西我们很少买。妈妈自己做果酱和蜜饯，腌黄瓜，用红辣椒制作辣椒粉和 ajvar（辣椒酱），诸如此类。她还很会用樱桃、坚果和巧克力制作利口酒，省得我们买了。我们的东西都放在储藏室里。妈妈会给装东西的罐子贴标签，写明种类和日期。对我们孩子来说，最激动人心的时刻就是上甜点。妈妈会买几箱饼干和烹饪用巧克力（就是这个名字），因为这种最便宜。有一种拖鞋形状的巧克力，顶上有一道一道的巧克力，还有一种适合蘸牛奶吃的主妇饼干。妈妈总是给我们每个人买一块圆形的巧克力威化酥饼，名字叫 napolitanka。我们小孩子总是觉得店里买的比家里做的好吃多了。

妈妈还会买十包面包棒和十包长条椒盐饼，不过那是给客人准备的。只要有客人来，妈妈就会摆一碗面包棒，一碗长条椒盐饼。客人坐在沙发上。“吃点长条椒盐饼吧。”她一边说，一边把两个碗放在矮矮的长条咖啡桌上，客人们就会拿起长条椒盐饼或面包棒，大声地嚼起来，看起来就跟兔子似的。接着，妈妈就会把她的——用爸爸的话说——日式插花拼盘端出来，就是两三个平盘，里面装满了切成圈或片的腌黄瓜、香肠、辣椒和奶酪。每一片都用牙签固定住，盘子中间是堆成小山的 ajvar。客人们总会夸奖妈妈或者她的日式插花拼盘，但也总会让爸爸紧张。

“迟早有人被你的牙签卡死。”他愤怒地说道。

“你不懂现在的潮流。”她会这样回答。

我觉得当时最流行的词就是潮流。妈妈总是知道潮流家具、潮流灯具、潮流发型、潮流窗帘、潮流鞋子、潮流眼镜框是什么。那会儿什么都得用塑料做。塑料是最潮的潮流。

吃过甜点后，爸爸会打开电视。我家电视机屏幕上贴着一层彩虹似的塑料膜，好让黑白电视看起来有彩色的感觉。每次看《溺爱公民》（*Anyámasszony katonája*）时，我们都笑得要死。

现在写的时候，我都不太确定自己写得准不准。一切都像梦一样，像雾一样；好像我在写别人的故事，而不是自己的经历。

波班：我最喜欢的漫画书

我家书不多，但有一本我从小就喜欢上了。与其说它是图书，不如说是套图。封面、封底是黑色皮革的，书页有金边。封面中央是一个圆形的金属徽记，看起来像一枚大硬币。徽记上刻着一个胡子男。我小时候想把它抠下来，但从来没有成功。里面装着打印纸大小、年久发黄的纸张：文档、画片、地图、照片。插图比文字还要多。看起来像是一本乱糟糟的漫画书。

“这本书是讲革命（revolution）的。”爷爷告诉我。

“Levolution。”我跟着他念。

“它讲的是伟大的十月革命。”

识字之后，我会一遍一遍地念它的标题：V.I.列宁（1870—1924）的生平与著作。我最喜欢的部分是革命家的肖像。肖像里的革命家总是凝重沉思的样子，而且他们经常围坐在桌旁争论。尽管主人公是列宁，但斯大林总是出现在前台。经常是斯大林坐在桌旁，列宁站在他后面。我喜欢图中的一切都在昏暗中。光线总是来自灯或者窗户。不过，我最喜欢的还是书。背景里总有装满书的书架。有一幅画是斯大林去列宁的房间拜访他。列宁起身迎接斯大林，扶手椅上摆着一本摊开的书。还有一幅画是列宁和斯大林与中亚各共和国代表交谈。中亚各共和国代表，这个词在我的记忆中恍如昨日。代表们都戴着亚洲式的小圆帽，背景里有一个大书架。你能看到书架里书的数量给代表们留下了深刻的印象。我还记得有一幅图的标题是西伯利亚流放期间的 V. I. 列宁与妻子 N. K. 克鲁普斯卡娅。图中的列宁站在抽屉柜旁边，全神贯注地看书，而 N.K. 克鲁普斯卡娅则站在书架旁。

我后来读了作者献词，是用精美的花体写成的，内容是：最好的祝福献给我最好的朋友，内博伊沙·克里斯蒂奇。韦利科·武卡希诺维奇少校。

我的祖父就叫内博伊沙·克里斯蒂奇。

我的祖父是游击队员。他就是人们所说的 prvoborac，意思是很早就加入抵抗组织的人。我爸爸叫他 udbaš，意思是秘密警察，尽管他直到共产党开始失势的时候才这么叫他。我爸就是个浑蛋。话说回来，大多数人都是浑蛋。阴晴不定。顺便说一句，我不信他们把那些书都读了。

要是有人让我给我家画一幅有代表性的肖像，你知道我会在我爸旁边放什么吗？一辆 Zastava 101 型号的轿车，因为他对那台老爷车比对我重视多得多了。我妈旁边会放一个塑料大包，她以前就用它装着市场里买的杂货回来。我旁边是一个足球。我爷爷旁边是一把老式左轮手枪，他总是把它放在自己的床头柜里，从不让我靠近。我爸和我妈是一对乡巴佬。共产党员最酷了！

安特：舞会邀请函

我还记得我们十二三岁时学校举办的茶舞会。迪斯科传入以后，茶舞会就没有了。茶舞会从来不供应茶或者类似的东西，我到现在都不清楚为什么要叫茶舞会。一间屋子，有两面墙前面摆着椅子。男生坐在一边，女生坐在对面。每次茶舞会都有一个主持人。主持人的任务是确保我们不会喝太多他们根本不供应的茶水。音乐另有专人负责。那还是唱机和磁带录音机的年代。它们现在也没有了。我们每个人会走到一名女生面前。就跟小情人似的。不说话。这意味着我们要请她跳舞了。每隔一段时间，主持人就会高喊："女生选人！"女生们就会站好，朝我们走过来。你这样就能分辨哪个女生喜欢你。

那就是我们的荷尔蒙岁月。我们都盼着能够近身跳舞，用我们的话说，叫贴舞。贴舞是慢舞——《心里只有你》——很慢——你会紧紧贴在女孩身上，以至于你们俩几乎都不能呼吸。你激动得都快麻木了，却还要装出淡定的样子。我现在还是一动心思就喘不上气来。就像潜水一样，起来的时候，我们的面颊紧紧贴在一起。我们离得太近了，我的眼睛都失焦了，视线都无法交叉了。我能感受到她清透的乳白色皮肤；我能分辨出她眼睑上的蓝色静脉。她的呼吸闻起来像是绿色薄荷滴眼液。我现在还是想一想就眩晕。那个女孩名叫桑尼娅·彼得里尼奇。

梅丽哈：波斯尼亚火锅

记忆有益于生存。

——马塞尔·普鲁斯特

食材：0.5 公斤去骨猪肉，0.5 公斤去骨牛肉，切块；0.5 公斤小土豆，去皮；2 个洋葱，对半切开；10 瓣大蒜；400 克新鲜西红柿；4 个青椒或红椒；300 克甘蓝，200 克卷心菜；2 根胡萝卜；2 把欧芹；1 把芹菜；1 颗芥菜头；10 根四季豆；2 大勺红甜椒粉；15—20 粒黑胡椒；几片月桂叶；约 300 克清水、肉汤或白葡萄酒。蔬菜切块备用。肉、洋葱和蔬菜置于锅中，砂锅尤佳。加水（或肉汤、白葡萄酒）。沿着锅盖内缘贴上一圈面团（避免蒸汽外溢），然后盖上。煮沸后，小火慢炖 4—5 个小时即成。

约翰内克：香草甜筒

我们家的人口多。我父母都很喜欢南斯拉夫，我们这些孩子也一样。现在，我明白了当年暑假去南斯拉夫度假的另外一个原因：那里实在是太便宜了。亚得里亚海沿岸的露营地我们都去遍了，营地里有那种房子一样的大帐篷。我们是南斯拉夫最早的外国游客之一。我有七个兄弟姐妹。我父亲有工作，但母亲要待在家里陪我们，因此我们必须盯紧每一个荷兰盾，假期里也不能乱花钱。当时的荷兰人也很穷。战后，荷兰人会去外国（新西兰、加拿大、巴西）挣血汗钱，就像南斯拉夫人一样。于是，亚得里亚海对我们来说就是天堂了。我们每天都会排好队，兄弟姐妹一共八个——小的，大一点的，最大的——妈妈和爸爸在最后，一块出去买冰激凌吃。纳齐夫每天跟我们打招呼的话都一样，“你们荷兰人啊，白得跟香草冰激凌似的”。消息传了出去，没过多久，全城的人就都叫我们香草一家人了。“看呀！香草一家人来了！”（我家其实姓特尔·布吕根·于霍欧茨，谁都念不对。）我们每个人的名字也安排上了，我们管这些名字叫夏名。我叫约卡，我的兄弟赫拉德叫格尔加，弗兰斯叫弗拉恩，沃特叫瓦尔特。等到大家都看过电影里保卫萨拉热窝的那个瓦尔特以后，他们就都开始用杂拌德语叫他 Das ist Walter（这是瓦尔特）了。我直到今天还在叫他 Das ist Walter。

冰激凌就是我对南斯拉夫最初的记忆。父母在国内从不带我们吃冰激凌。太贵了。当地人管卖冰激凌的小贩纳齐夫叫 Shiptar。我当时还不知道你们有着不同的族群，因此也不知道这个词的意思是阿尔巴尼亚人。在我们看来，你们都是一个样儿的。我们在你们眼里像香草冰激凌，你们在我们眼里像榛子冰激凌。

塞利姆：思念南方的家园

我们都必须要学马其顿、斯洛文尼亚、克罗地亚、塞尔维亚、波斯尼亚和黑山文学史，你们都知道。我从来没拿过D以上的成绩。有一首马其顿诗歌叫《思念南方的家园》。我只知道诗名，因为我从没读过内容。不过，我一直觉得诗名听起来挺搞笑的。比起诗来，更像是广告。后来有一天，我在系里的阅览室看到了一份这首诗的传真。作者是康斯坦丁·米拉迪诺夫，诗写于一百五十多年前，你们也都知道。不管怎么说，你知道我们的荷兰朋友们成天念叨着消夏规划、放暑假、为暑期做准备，或者刚刚放暑假回来，或者琢磨着今年去哪里——那首诗就像这样的。你还以为它是荷兰人，而不是马其顿人写的呢。我一定要把它翻译过来，给我对象米克看。于是，我开始用马其顿语朗读这首诗——铁托给我作证——我的大脑把它扫了一遍，一点都没卡壳！我也不想烦你们，但为了手头没有书的人考虑，我还是要提示一下开头。

到处都是黑暗，黑暗笼罩着我。
最阴暗的迷雾环绕着地球……

这种天气报告又写了半天，但他接下来就说重点了，讲得很在点子上。

我受不了在这里生活；
我不能在雪、雹和冰中生活。
主啊，请赐予我翅膀，让我飞，
让我回到自己的家园，
让我再次用我的双眼
欣赏阳光普照的斯特鲁加和奥赫里德的美丽海岸。

当我读到结尾，读到下面的诗句时：

在那里，我要说出心中最后的一句再见，
当太阳落山时，我要在那里死去。

老天啊，我哭了。在那里，我像个乡巴佬一样不停地说着马其顿话——失声痛哭。我觉得我都要疯了。不管怎么说吧，我把诗翻译好给了我的米克，眼泪仍然像小溪一样顺着脸颊流。你知道她说什么？“Mooi！”听到这句荷兰语时，我狠狠打了她一巴掌，然后她他妈的就哭了。当然，我真想踹自己一脚。我不知道自己中了什么邪。那句 mooi 里有某种东西让我崩溃了。我不知道是什么。毕竟，这个词的意思是真美。可能是草吧。草有催泪的成分。

达尔科：我母亲与铁托握过手

这不是我自己的记忆，而是来自我的母亲。与她的学校里的所有孩子一样，她加入了少先队。有一次，由于她是全班最优秀的学生，于是被选去参加铁托的生日庆祝活动。母亲告诉我们，选派最优秀的少先队员参加庆祝活动是一项传统，当摄影师照例进来拍摄铁托与少先队员在一起的照片时，她冲到铁托跟前，握住了他的手。我看过这张照片。她靠在他身上，把手压在他的一只手上，他空着的那只手夹着一根古巴雪茄。拍照环节结束后，铁托试着把手抽出来，但母亲就是不放手。她像胶水一样粘着他。他又使劲抽了一下，但她的手指已经变成了活的钳子。人们开始感到不安了。一名保安只好过来把她松开，同时她发出了一声怪叫。

“我不知道自己中了什么邪，”她告诉我，“或者我哪里来的那么大劲儿。”

我见过铁托真人。那是在萨格勒布商品交易会上。他带着随从经过时，我和母亲恰好在街上排队的人群中。他看起来比照片和影片里要小一些。他看起来年老体衰，像木乃伊似的。突然间，他的额头被一束阳光照亮，映入我的眼帘，只见上面布满老年斑，一绺一绺染过的头发显出了橙色。

“来呀。”我母亲一边说，一边用手拽了一下我，带我去买冰激凌。她点了好多个球，我连四分之一都没吃完。我不知道她是中了什么邪。

马里奥：没有时刻表的火车

回想起来，我有一个印象：前南斯拉夫的一切似乎都与火车有关。只要把我们生活中所有重要的、不重要的火车都串起来，你就得到了一部与官方历史平行——而且合理程度不亚于此——的前南史。

1. 与兄弟情谊和团结这句口号相比，奥匈帝国留下的铁轨和火车站对南斯拉夫统一的作用还要更大。每次看到火车站的黄色立面，花篮里的天竺葵时，我的喉咙就一阵哽咽。看到它们就意味着家。

2. 我生命中的第一辆火车出现在马特·洛夫拉克写的童书《雪中列车》里。南斯拉夫神话的历史——以及南斯拉夫电影的历史——中的第一个大事件就是韦利科·布拉伊奇的《没有时刻表的火车》。影片的主题是一群人乘火车从崎岖的狄那里克阿尔卑斯山逃往北边的南斯拉夫面包篮，肥沃富庶的巴兰尼亚（还是叫巴奇卡？）地区。旅途中，他们相爱，打斗，进行意识形态争论，有一个孩子降生，一个男人死去。《没有时刻表的火车》开启了南斯拉夫电影史上的一系列火车主题影片，直到埃米尔·库斯图里卡导演的《爸爸去出差》中在肮脏的卫生间中发生的残酷恋爱场面。顺便说一句，库斯图里卡是南斯拉夫电影的绝响。

3. 铁轨是二十世纪五十年代，是青年工人突击手运动时代的象征，无论是国际上还是本国内。年轻人被分配去修建两条重要的铁路延长线：布尔奇科—巴诺维契线（布巴线是我们的目标/夏天结束前，一定要干完）和沙马茨—萨拉热窝线。有一段时间，青年建设队是面向国内市场的电影的热门题材。米莲娜·德拉维奇主演的《群演女孩》（*The Extra Girl*）就是众多作品中的一部。

4. 铁轨铺好后，我们简直坐不够火车：学校出游坐火车，上海边坐火车，去部队坐火车。每一辆火车上都用拉丁字母和西里尔字母刷着JDŽ。许多人初次接触外语就是在这里：车窗边的小铜牌刻着不要将头探出窗外，配有法语、德语和俄语译文。这句话成了书籍和电影里的常客，还在人气曲目《白色纽扣》的副歌火了一把（上火车吧，塞尔玛，但不要将头探出窗外……）。每个座位上都挂着一个相框，里面是某个南斯拉夫城镇或旅游胜地的照片。我最喜欢的是比奥科沃山旁马尔卡斯卡，因为有个旁字。我们吃过的最美味的三明治是在火车上。最多汁的烤鸡是在火车上。当时最重要的发明是保温瓶。刻在数百万南斯拉夫人记忆中最难忘的景象，就是走了好长一段空荡荡的路后，亚得里亚海从地平线浮现。每个乘火车去亚得里亚海的人都会玩同一个游戏：第一个看到海的人要拖长声调大喊“水——”，赢得五个第纳尔。或者按当时的行情而定……

5. 二十世纪六七十年代的典型形象是客籍劳工列车。南斯拉夫、希腊和土耳其劳动力偏爱乘火车往来于西方，直到他们开始买轿车。一位南斯拉夫无名氏写了一首客籍劳工短诗，乘火车归乡途中的饥渴跃然纸上：

把裤子脱了，亲爱的，别跟我讲规矩。

我从法兰克福一路回来，日子真是苦啊。

6. 二十世纪八十年代南斯拉夫消费主义的标志是开往的里雅斯特的列车。这是一趟满载着黑市商品的车：牛仔裤、咖啡、大米、橄榄油、T恤衫、三角裤、女式内裤——应有尽有。的里雅斯特购物潮的顶峰恰好与铁托去世同时。铁托八十八岁去世，这件事的一个印记就是一阵乱糟糟的农业献礼：这个地方种下八十八株玫瑰献给铁托同志，那个地方是八十八棵桦树献给铁托同志，等等。于是有了这个吉卜赛笑话——从的里雅斯特回来的列车上，海关官员问一名吉卜赛人："你麻袋里装的什么？"吉卜赛人淡定地答道："八十八条李维斯献给铁托同志。"

7. 最后一辆南斯拉夫列车是卢布尔雅那—萨格勒布—贝尔格莱德线的蓝色列车，它载着铁托遗体前往贝尔格莱德花房安葬。数十万名南斯拉夫人来到铁轨两侧向南斯拉夫人民与各民族最伟大的儿子致敬。南斯拉夫兄弟情谊和团结的岁月永远地凝结在这样有力的诗句中：

在铁路隧道里，在黑暗里，
我们的红五星留下了印记。

8. 南斯拉夫的分裂及其引发的战争源于那历史

性的一天：克罗地亚境内克拉伊纳地区的塞尔维亚人用大石头挡住了萨格勒布—斯普利特线，从此列车停运数年。

9. 萨格勒布—斯普利特线于两年前重新通车。自由列车花了整整一天时间才走完全程，克罗地亚电视台进行了实况直播。自由列车之所以用了这么久时间，是因为克罗地亚总理每一站都要停车发表演讲。与此同时，被我们赶出克拉伊纳的塞尔维亚人要徒步、坐公交、坐轿车、坐拖拉机或坐马车回塞尔维亚，就是不能坐火车。

10. 最后但并非最不重要的一点是，支持塞尔维亚语和克罗地亚语是两门不同语言，据此战争具有历史必然性的最好论据之一也与火车有关：两门语言里表示火车的词不一样，克罗地亚人叫它 vlak，塞尔维亚人叫它 voz。

伊戈尔：恐惧与园艺

这篇评论南斯拉夫诗歌的文章的作者是我的朋友米卡茨，写于通读我借给他的《南斯拉夫诗歌新选》（萨格勒布，1966）之后。

各种人都有收录：塞尔维亚人、克罗地亚人、马其顿人、斯洛文尼亚人。波斯尼亚人和黑山人则没有，或者说其实也有，只是没有单独列目。最让我大开眼界的是用斯洛文尼亚语读斯洛文尼亚人写的诗，用马其顿语读马其顿人写的诗。没有译文。

好吧，我对自己说，来看看老家的老家伙们在你连影子都没有的时候都在读什么吧。于是，我掏出计算器——你懂的，就像多拉茨在市场里说的那样：亲爱的，今天鸡蛋多少钱？——做起了算数。这本选集共收录了一百七十三首诗，其中塞尔维亚五十六首，克罗地亚六十二首，斯洛文尼亚四十首，马其顿十六首。[①] 挺好，不错。我接着又统计了女诗人的作品。塞尔维亚一首，克罗地亚三首，斯洛文尼亚两首。男的一百六十七首，女的六首。在这六首里，还有一首的作者怯生生地用了男性笔名。翻阅这本书，我还发现了一件事：诗人们对自己的名字特别在意，偏爱由三部分，而不是两部分组成的名字，就像那些被用作校名的英雄游击队员似的。于是，你会看到尤雷·弗拉尼切维奇－普劳察和米伦科·布尔科维奇－茨尔尼这样的名字，你

① 原文如此。

都分不清谁是拿笔的，谁是拿刀的。现在的大批准纳粹也是这样：他们特别喜欢用三部分的名字。他们对此是真的着迷，越长越好。这让我怀疑，他们是不是在试图掩盖某种生理缺陷，你懂的，在下面，差个一两厘米就是天壤之别的地方。哎呀，还有一件事。我们的诗人特别喜欢将作品献给另一位诗人。你知道我什么意思吧？就像一个人跟另一个人搭话似的。还用我多说吗？

言归正传。奇事，奇事！大约 50% 的作品都是关于妈妈或母国的。母国变成了妈妈，妈妈也变成了母国。他们像小孩子一样对母国和妈妈哭唧唧。我跟你讲，真他妈的读不下去。对了，还有大约 10% 是由恐怖故事组成的，我是说真的，坟头、墓地一类玩意儿。兄弟，我真是受伤了。我的意思是，我们的诗人都是一群他妈的食尸鬼，总是往外刨这个敌人，那个敌人。一个人挑好位置（“我的死亡要播种在这里”），另一个人挥舞铁锹（“我召唤你，我的影子”）。我就想啊：好一个偷尸体的浑蛋。你们把对上帝的畏惧都放到斯蒂芬·金里面了。我刚刚缓过劲来，又看到了这么一段：

啊，恐惧之镜！显示出没有绞架，没有套索

的场景吧!

“血!血!”我的血在这片荒废的克罗地亚人的土地上尖叫。

去你的!

接着往下看。有10%属于——用我的说法就是——狂诗，或者叫我我我诗，这些家伙一个接一个地与繁星和宇宙对话，比如“如果你是男人，那就在天空下昂首阔步”——就这种垃圾。在这种诗里，每个男人都是他妈的超人。

行，我来看下一类：20%是歌颂大自然的美丽，你知道的，四季呀，雨水呀，一类的废话。你还以为他们是一帮——那个塞尔维亚天气预报员叫啥来着？——对了，一帮卡门科·卡蒂切斯。这群疯子喜欢植物远胜于动物。实话说，我确实找到一首讲小牛的诗，不过那都快到结尾了。起初我以为是讲可爱的小动物——语言不错，很性感——结果读到中间，牛屎蹦出来了……还是讲植物。里面有各种各样讲他妈的树的诗——大叶杨、柳树、白杨、橡树。读完那么多恐怖的东西，我惊讶地发现咱们国家人竟然会爱花——山谷里的水仙、三色堇、玫瑰、仙客来。我觉得恐怖和园艺不太搭。不过，确实有一个男的写了血色的仙客来。

这些加起来有多少了？90%？好。接着，我又用细齿梳梳理了一遍，寻找性的痕迹。好吧，我算是被一根羽毛给打晕了——咱们国家的男人对性竟然毫不关心。一目了然。用不着计算器。相信我，他们只写死了、埋了的女人。他们好像迫不及待地等着女人入土，好给她写一首诗。越悲越好。你知道这首诗吧：

> 我昨晚见过你。在我的梦里。悲伤。死亡。
> 你在一座灵堂里，周围是花朵的宁静。
> 你在庄严的停尸架上，周围是蜡烛的阵痛。

你当然知道。这是学校必读篇目。这个恋尸的家伙又写道：

> 我不知道你是什么：是女人，还是鬣狗？

去你的！这家伙真是让我山羊脾气上来了！我的意思是，要是看到女人都分不清那是女人，你还写个什么劲！后面有个不知道该把新娘埋在何处的男人（“我能把你埋在哪里，我的爱人啊，既然你已经走了！”），还有个——我越读越气——常年离家的男人，回来时发现他的好姑娘已经蹬腿了：

可当我回来时，
却发现你已不在。

他回来是干什么的，蠢蛋？这儿还有一首学校里教过的诗，记得吗？

爱情还没有来，尚未降临到我们头上，我说。
但是，我想要的是爱情，还是爱情的离去？

这首诗总让我血液沸腾。你的问题不是想不想，兄弟；是能不能！所以，收拾好行装，重新上路吧。我才不吃你这一套。

他们是一帮病人，咱国家的诗人。不光是诗选里这些。过去两百年里，或者从他们开始写诗的那一刻起，他们里面就没有一个脑筋正常的人。塞尔维亚人、克罗地亚人、斯洛文尼亚人、马其顿人——没区别。全是老浑蛋。不用计算器就知道。

乌罗什：我希望自己是夜莺

我小学二年级的时候，老师布置写一篇关于铁托的作文。她告诉我们，铁托做了腿部截肢手术，正在术后恢复。如果我们写一点祝福的话，他会感到高兴的。我写道：我希望自己是夜莺，每天早晨飞到铁托同志的病床前，用歌声将他唤醒。老师把我的作文夸上了天，还在全班面前朗读。同学们都取笑我。他们叫我夜莺。"哎呀，夜莺来啦。"他们会哄笑着说道。家人听说作文以后也笑话我，特别是我爸。没过多久，铁托就死了，我爸哭了，全家人坐在电视机前看了三天的葬礼节目，都哭了。我印象最深刻的就是外国名流政要都来参加葬礼了。"全是有名的人。"我妈说。他们给播音员念的政要名流名字挑错，开心得很。可当我说玛格丽特·撒切尔的名字是撒切尔，不是特拉切尔时，我爸却说："夜莺啊，你够了。去，从冰箱里给我拿瓶啤酒。小心点，别洒了！"大家都被逗笑了。

南斯拉夫是个糟糕的地方。人人都撒谎。当然，他们现在也说谎，不过现在每个谎言都要分成五份，一个国家一份。

10

……我认为最好直截了当地说，荷兰北部一直让我感到某种 Angst（忧）。我在这里按照德语的要求把首字母大写了，要是放到古代的自然哲学中，它就好比是地球生命赖以形成的基本元素之一，就像水和火那样。大写字母给人一种被放到黑箱子里，无法轻易逃脱的感觉。

——塞斯·诺特博姆

“阿姆斯特丹是全世界最美丽的城市之一。”尽管它都被用滥了，我还是会毫不犹豫地承认这句话是自己说的。而且，我绝不会因为它的庸俗而脸红，假如它没有遗漏这样一种感觉的话：这座城市有一种几乎是肉体性的缺失感，它经常追逐着我，而我无法确定它的源头。

在城中漫游时，我会经过好几个有味道的地方。从尿味到跑下楼梯时钻进鼻孔的霉味，从霉味到从海边大排档飘过来，留在我头发里的变质油脂味，从油味到从人群中挤出去时闻到的汗味，从汗味再到浓厚粘稠的大麻味。我身边无处不在的肉体没有让我兴奋的能力，而总是给人同一种印象：一个在莱顿广场上，光着膀子踩钢丝杂耍的怪老头。那个在钢丝上扭曲转动的赤裸的、老迈的人类肉体正是这座城市种种矛盾的一个奇异示例。

一个又一个细节让我放下了防备。我总是面对着某种对偶：一切似乎都是并行不悖；有加就有减。美的缺失采取的是丑陋公共雕塑这种经典形式：哈勒姆广场柏油路上趴着的铁飞虫，爬在莱顿广场上的金属毛毛虫，还有从各个公园湿润的草地中钻出来的、皮球大小的迷你胸像。不过，美也是存在的，同样是经典的形式：博物馆、公馆、运河、倒影……

除了前一句，我还经常听到另一句陈词滥调，就是：“阿姆斯特丹是符合人体比例的城市。”在我看来，它有着小孩子的身体比例。红灯区的店铺橱窗里展示着成人用活体娃娃，色情用品商品打扮得跟玩具店似的，恍如幼儿园的咖啡馆门口长出了塑料蘑菇，还有水坝广场的主题公园画风景点。低幼的城市风貌不是要颠覆什么，也不是要嘲讽什么——它似乎没有任何外部动机；它只是将阿姆斯特丹变成了某种忧郁版的迪士尼乐园。我走在城中经常会产生一种朦胧的羞耻感，一边玩着它的色情游戏，一边琢磨着我是不是唯一一个这样看它的人。

如果说阿姆斯特丹有名的不拉窗帘暴露了窗户背后的室内，那么背后的室内就暴露了隐私的缺失。于是，神圣的隐私权被隐私的缺失所确证，真是矛盾。前门廊——很少大到能放下一两张椅子——代表了另一种展现出缺失的空间：天气热的时候，居民们会出来坐在门廊上，就像是观看其他活体展品的活体展品，看着街道上的人流车流缓缓经过。阿姆斯特丹是一个常设的舞台，但如果这也算特点的话，那么地球上每一个城市都是如此。阿姆斯特丹不一样的地方在于，市民们几乎像机械一样在舞台上努力表演，将自家的窗户打扮成展示的橱窗，缓缓地走路或骑着自行车。与所有游客一样，我起初被这座为成年人准备的迪士尼乐园迷住了，但没过多久便觉得它可憎。或许我是将自己的噩梦投射到了这座城市上，硬要解读出它原本没有的意义。但事实仍然是事实：我选择拍摄的城市是阿姆斯特丹，而不是其他。

如果说阿姆斯特丹是一座舞台，我就有双重的角色：我既是观众，也是演员；既观看，又被看。水、天、窗格层层叠叠，倒映彼此，停在一扇让我窥探欲发作的窗户前，我会发现自己的形象融入了室内，电视机里的画面，主人坐在扶手椅上盯着屏幕看，还有其他行人的倒影。如果我从红灯区的窗前经过，我的倒影会像影子一样与妓女的脸庞交错。一切倒映着一切，一切融合为一，房子的倒影和倒映着天空的窗户一同在运河里游动。一想到此处，我便头晕目眩。

有些家正门前立着金属杆子，杆子上探出镜子，这样屋里的人既能看见按门铃的人，自己又不会透过窗户被看到。我经常琢磨这些镜子。我感觉自己可能会通过它们落入一个平行世界，而且我害怕屋里的人躲在窗帘后面看着我按门铃这个念头。

有一天，我从卡尔弗尔街的一群美国游客身边走过，他们围在一名年老的街头手风琴师身边，大声夸奖他的表演 cute（俊）。我想起了荷兰语里和它相当的一个词，leuk，然后意识到 leuk 正是问题的关键。Leuk 是防腐剂，是杀菌剂，它将一切斑点和鼓包清除，将一切东西放到同样的基础上，让一切事物都变得可以接受。我家附近有一家名叫女王脑袋的男同酒吧，窗户上摆着十个男性娃娃，十个肯尼娃娃。每次经过它时，我都会想到活体芭比娃娃——来自摩尔多瓦、保加利亚、乌克兰、白俄罗斯的年轻女性——走私犯，做皮肉生意的商人将她们买下来，卖到外国去。我想到长途跋涉前往西欧的鲜嫩东欧肉体。如果她们没有在塞尔维亚或波斯尼亚的偏远角落停下，最后就会到这里。我想到了她们，也想到了东欧的肯尼娃娃们，他们来到这座迪士尼乐园，供这里已经成年的小男孩们享用，奉上用来插入男根的异域肉体。Leuk 是超越善恶的；它并非不道德，而是与道德无关；要就要，不要就走。

一天清晨，我目睹了一个场景，它像刀子一样捅进我的身体。当一声尖叫打碎了瓷器一般清静的黎明时，街道还是空荡荡的。只见一个女人向我走来，她乱挥着胳膊，像受到威胁似的攥紧拳头，嘴巴里发出话语和呻吟的混合物。我瞥见一张面具似乎和她的面庞一同浮现，痛苦的面具。她的眼里没有泪水，锁定在呆滞凝视的状态，下垂的嘴巴扭曲着。尽管我是她视线中唯一的活物，但她从我身边走过时根本不在意我。她往前走着，拳头举在空中。她似乎在排练积攒了一生的脏话。尽管我听不懂，但脏话马上就刺穿了我。将我吸引住的是生命力充沛的尖叫和死人似的、折纸似的脸两者的结合。

在一次紧张的火车旅途中，我在海牙下车，接着去了马德罗丹主题公园。那时，我发现自己来到了之前一直在寻觅的隐喻的中心。马德罗丹是荷兰的完美模型，是荷兰的迪士尼乐园。它什么都有——城市、房屋、运河、桥梁、风车——每一样都栩栩如生：水是活水，盆栽萌发，草地吐绿，小船在水道中游弋，桥在有船经过时会打开，空中还有直升机的嗡鸣。园内还有人：小巴士和小电车的司机、扳道工、铁道警察、飞行员、行人、医生、店主、店员、游客、小孩、大人、老人、农民、消防员。它有史基浦机场，跑道、飞机、指挥塔、航站楼、乘客一应俱全。它有海牙国会大厦和乌特勒支大教堂。它有著名的阿尔克马尔奶酪市集、阿姆斯特丹的国家博物馆、鹿特丹的伊拉斯谟桥、格罗宁根的火车站、阿默兰岛的灯塔……我突然间顿悟：我看见自己坐在冯德尔公园的长椅上，就像一只相册里的蝴蝶，或者在国家博物馆里欣赏一幅小孩手指甲大小的油画。阿姆斯特丹——马德罗丹。马德罗丹——阿姆斯特丹。我突然意识到自己生活在全世界最大的玩具屋中。我拒绝向窗外看。我会看到什么？不过是一个孩子的大眼睛里的大瞳仁罢了。

接着，我会转换自己的视角，于是阿姆斯特丹又成了“全世界最美丽的城市之一”，一朵“沙漠玫瑰”。我想到的是沙漠的风，它卷起无情的沙子，用牙齿打磨它，用灼热的舌头抛光它，然后吐出一朵石头花。下雨的日子里，天空降得很低，好像都贴着屋顶了，这时的石头玫瑰花就显得肮脏，惨白。但当天空升起来的时候，玫瑰又充盈着光，闪耀得让我不能呼吸。

大部分情况下，我都会按照城市的脉搏来调整自己的脉搏，继续生活下去。我去市场，买鱼、水果和蔬菜，尝试品类繁多的荷兰奶酪；我紧跟最新上映的电影；我在咖啡馆里观人；我去美术馆和博物馆。生活似乎回到了自在悠闲的常态。我生活在阿姆斯特丹市的心脏地带，它泵出来的棉花糖比血液还要多——至少有时在我看来是这样。尽管我自己的心脏或许已经破碎，我的视野也被扭曲。将我的心脏拼在一起，让我相信一切正常的胶水或许是自我保全的本能吧。

11

我们是少先队员，
勇敢忠诚的士兵。
我们每天都在成长，
就像初生的小草。

我一直以为我们还烧得起时间，但还没等我反应过来，第一学期就结束了。由于我的生日恰好也在学期末，于是我提议大家一块出去，双喜同庆。我有张去萨格勒布的机票，准备在那里住一周，然后回来准备下学期的课。

孩子们选择的地点是中央火车站附近的一家老牌荷兰酒吧。有一个学生认识店主。店里几乎是空的：只有不超过三四个常客，都是当地的酒鬼。

“看呀，”达尔科说，“咱们包场了。”

梅丽哈带来了一盒纯正的波斯尼亚 urmašice（乌玛什采糖糕），是她妈妈亲手烤的。伊戈尔、奈维娜和塞利姆都在部里干活，给我带了几样他们工作时做的物件：伊戈尔是一副藏在黄玫瑰花束里面的手铐，塞利姆是一个带金属尖刺的皮革项圈，奈维娜是一条用紫色的纸和红丝带包好的黑色皮鞭。

“祝你生日快乐，长命百岁，马卡连柯同志！”伊戈尔说着亲了亲我的手，“你现在什么都不缺了。”

我心里暗问他到底是从哪里把马卡连柯刨出来的。讲述他教育苏联少年犯经历的《生活之路》(*The Road to Life*)，也叫《教育诗》(*A pedagogical Poem*)，早就被遗忘了，在他的祖国也一样。

约翰内克提前去鹿特丹的波斯尼亚食品店买了马其顿ajvar、napolitanka的巧克力夹心，还有一包Minas牌咖啡，然后装进了一个盒子，上面标着思南症患者急救箱。安特送了我一盆迷迭香，安娜的礼物是南斯拉夫“二战”后第一套小学教材的影印本。我在想，她到底花了多少工夫才把这份影印教材送到阿姆斯特丹。

马里奥、波班、达尔科和乌罗什也来了。连阿姆拉——几乎从不来上课的年轻母亲——也露了一小面。佐勒，那个自称为了不被赶出荷兰而与男同伴侣同居的家伙，往里面看了一会儿；拉基也是，我几乎已经把他忘了。

安特把他的手风琴拿了过来。趁着第一轮啤酒喝完，飞快被满上的时候，他开始演奏了。他的曲库很丰富，有游击队之歌、城里的民歌、波斯尼亚情歌、塞尔维亚和马其顿的kolo（圆圈）舞曲、梅吉穆列地区小调、达尔马提亚地区的合唱曲、斯洛文尼亚波尔卡舞曲，还有一些匈牙利和吉卜赛的曲子做添头。他对经典金曲无所不知：《埃米娜》《比利亚娜漂床单》《宝贝，你有一头乌黑的头发》《我是一朵玫瑰》《爸爸有两匹小马驹》《比莱恰姑娘》《从瓦尔达尔河到特里格拉夫峰》……每当音乐带动起他们的回忆，一句接着一句，一曲接着一曲，他们很快就开始比试谁记住的最多。这就像是一次南斯拉夫流行歌曲史小课堂。我们逐年回顾了奥帕蒂亚音乐节：兹登卡·武奇科维奇（Zdenka Vučkovič）、伊沃·罗比奇(Ivo Robič)、洛拉·诺瓦科维奇（Lola Novakovič）、拉多·莱斯科瓦尔（Lado Leskovar）、兹翁科·什皮希奇（Zvonko Špišič）、乔尔杰夫·马里亚诺维奇(Djordje Marjanovič)、柳普恰·迪米特罗夫斯卡（Ljupka Dimitrovska）……单单是一起念出这些人名就让我们很高兴。

“还记得洛拉·诺瓦科维奇唱《你从不曾给我你的手》时全南斯拉夫的人都跟着她一起哭吗？当然是因为每个人都知道没有来的人是谁。”

“我不知道。是谁？”

“楚内·戈伊科维奇（Cune Gojkovic）啊，你个傻子！”

“可你们是怎么知道的？”我插进来问道，“你们大多数人那时还没出生呢。”

“我们有南斯拉夫基因啊，同志，记得吗？”他们一齐尖声说道，“基因会记得的。”

安特唱个不停，他们也要个不停：“好样的，安特！”“嗨，安特，要不……”

他们总算唱到了乔尔杰夫·巴拉舍维奇，他那苦乐参半的歌曲专门要让所有前南国民都陷入不可救药的愁绪中；接着是南斯拉夫老牌摇滚乐队：成绩单（Indexi）、白色纽扣（Bijelo Dugme）、阿兹拉（Azra）。安特有一次休息的时候，我们将少先队员誓词（我庄严宣誓：发扬祖国的伟大成就……）和南斯拉夫国歌（嘿，斯拉夫同胞！祖先的话语犹存活，只要子孙的心还为民族而跳……）拼在一起，然后用新潮的说唱韵律唱了出来。我们拉了一张单子，包括所有二十世纪七十年代大火的商业化伪民歌和继之而起的极速民谣的作曲家们。我们在狂笑中大声念出了一首最傻的打油诗：

> 给我买辆车吧，爸爸。还有橙子。
> 或者直接给我买一只泰迪熊，从动物园里。
> 给我买只小兔子，几块糖，或者一个球。
> 不，都要给我买。全都放进我的手。

唱《小兔和小溪》时，我们仿佛又回到了童年。奈维娜听到"可怜的小兔哭啊哭……"时落了泪。接着，我们聊起了南斯拉夫电视节目，首先是儿童节目——《字母逐个学》《门多和斯拉维察》《万寿菊》《雾霾居民》——然后是最早引进的美国电视剧——《冷暖人间》《豪门恩怨》《朱门恩怨》——波兰上尉克劳斯和苏联上校施季里茨[1]，捷克电视剧《市郊医院》。从那里我们又回到了拉德米拉·卡拉克拉伊奇（Radmila Karaklajić）的年代，她可能是我们母亲辈或祖母辈的人，还有她那句经典的"舞吧舞吧鳕鱼"。我们讲了各个民族的笑话：波斯尼亚的（主角总是梅霍和穆约，或是法塔和苏约）；伏伊伏丁那的（主角是拉拉）；还有斯洛文尼亚的（亚内兹）；还有黑山、达尔马提亚和马其顿的。我们学着科索沃阿尔巴尼亚人说我们的语言的样子（我爱就亲，不爱就杀），还有各种方言。没有一个人能说完一句话而不被人打断。这是一场取材于南斯拉夫生活的名言抢答游戏。我一直担心我们的塑料大包——就是红白蓝三色的那个——会爆掉，我们刚刚建立的基础，虚拟的南斯拉夫日常生活博物馆也会随之消散。

---

① 二者分别为剧集《大于生命的赌注》与《春天的十七个瞬间》中的主角。

他们并不避谈战争。

“一门不说睡得香，不说睡得沉，而是说睡得像被宰了似的的语言，绝对从根子上就有问题。”

“战争就是这么来的。”

“你什么意思？”

“如果你觉得自己的孩子要被宰了，你二话不说就是拿起枪开火。”

我的孩子们不知道，我从无数南斯拉夫移民那里听过同样的话。他们甚至将它说成自己离开祖国的主要原因。（“我为什么要走？因为在别的语言里，孩子们睡得安安稳稳的；而在我的语言里，孩子们睡得像被宰了似的。”）

那一刻，我感到一阵怜悯向我扑来；那一刻，我为他们感到难过，爱上了他们的一切——他们看东西的样子，他们说的话，他们谈论自己的方式……他们是我的孩子。随着视线在他们身上游走，我为他们的显著特征拍下了快照：塞利姆特别纤长的手指，还有他像拍动翅膀一样扑打双臂的紧张样子；梅丽哈的微笑会像油一样流到整张脸上；安娜的双眉间有几道深深的凹痕，几乎像烙印一样；乌罗什半闭着的眼皮很不安分，而且睫毛泛白；奈维娜抬起目光时，脑袋总会抽筋似的扭一下。我是唯一一个没有快照的人：留给我的桌椅那里是空洞的，是虚无。

我们的团体迅速升温，就像涨起来的啤酒泡沫一样。我们肯定有一段神志不清的时间，我们这群人。我们不知道自己在哪里。少先队集会？党员大会？学校郊游？突然间——因为喝了太多酒，过度兴奋，筋疲力尽，或者某种集体的消沉情绪——梅丽哈哭了出来。其他人要么跟着哭，要么感到喉咙哽咽。我意识到酒已经喝干了，从这一秒到下一秒，集体感动的状态就要转化为某种别的东西了。

事实正是如此。

乌罗什明显喝得比别人都多。他站起来大声说道：“大家安静。安静。我有话要说。”

他面色苍白，试着做了一个深呼吸，身体有点摇摆。

在农夫的田地里
在巴尔干的群山里
在某一天里
一群孩子
壮烈地死去了。
他们全都
出生在同一年。
全都上同一所学校，
全都参加同样的庆典；
全都扎过

同样的疫苗。

还有，他们全都死在同一天。

我们一言不发地听着。安特正在演奏军歌《科纽赫山》。

还有五十五分钟

就是那命运的时刻

这群孩子们

坐在书桌前

做着那道难解的题：

一名旅者能走多远

如果他的步行速度是……

等等。

这是一个痛苦的场景。德桑卡·马克西莫维奇的《一个血腥的故事》是南斯拉夫几代学童铭记在心的作品。所有的课本、选集都有它，官方活动、庆典和学校集会上也会朗诵它。它讲述的内容是真实的事件：1941 年，德国人确实在克拉古耶瓦茨杀害了一整个班的学生。但是，过度的曝光损害了这首诗的力量，而且它逐渐变成了对自身的戏仿。人们对它已经烦了，倦了。乌罗什念诗的时候，我回想起了这位九十高龄的女诗人在电视节目里的镜头，她当时戴了一顶帽檐比她的头大三倍的帽子。她坐在前排，听着斯洛博丹·米洛舍维奇演讲，微笑着点头，就像一个古怪的吉祥物，或一条机器狗。

一些同样的梦想，
和同样的秘密——
爱的秘密，对国家的爱——
深藏在他们的口袋里，
他们全都以为自己在这世上
有着无穷的时间
在蓝天下奔跑
解开全世界的难题……

这首无辜的诗歌所走过的道路开始于一个历史事件：一群孩子在一场战争中死去。事件刚刚嵌入诗，诗便嵌入了课程大纲。五十年过去了，这首本意是反战的诗走向了它的反面：女诗人献给民族领袖的微笑代表着她对他发动的战争及其所意味的一切的象征性支持。在这里，在阿姆斯特丹的酒吧里，这些诗句从年轻难民的口中淌了下来，就像恶心的口水。没有比这更痛苦，更错误的事了。乌罗什失败了。致命的失败。我们听着的时候一言不发，那不是因为这首诗或乌罗什的表现让我们震惊，而是因为乌罗什本人让我们震惊。乌罗什戳破了将我们凝聚在一起的气球，我们集体的怀旧之情噗的一声跑了出去，消失了。那一刻的魔力已经变成了警报。

孩子们排好队
拉着手离开了教室，
从最后一堂课
顺从地走向了行刑队，
仿佛死亡没有任何意义。

朗诵完最后一句，他跌坐进椅子里。没有人说一个字。屋内只有安特轻柔的伴奏声。乌罗什从兜里掏出一张二十五盾的钞票，往上面啐了一口，拍在安特的脑门上。手风琴静了下来。乌罗什狠狠地砸了一下面前的杯子，把它打碎了。接着，他又用脑袋撞桌子。

他抬起头时，我看见细细的血流从他脸上淌下来。我听到了一声尖叫，可能是奈维娜、安娜或梅丽哈。我看见马里奥和伊戈尔把他从桌上抬下来，拖进了男卫生间。我呆住了。我完全懵了。我能听见大家在说什么，但他们的声音听起来无限遥远。

“简直像彼得洛维奇的片子《快乐的吉卜赛人》一样。”

“乌罗什演贝基姆·费赫米乌。”

“是费赫米。”

“你什么时候成了 Shiptar 人名专家了？”

“从你管阿尔巴尼亚人叫 Shiptar 的时候？”

“我们的人最后怎么总是这样？我们怎么什么事都能搞得乱七八糟？”

过了一会儿，小伙子们回来了。乌罗什看起来很清醒。伊戈尔和马里奥做得很漂亮：他们把他脸上的血洗掉了，在老板的帮助下给脸做了包扎，还找了一条围巾把他的手缠上了。

“抱歉啊，我……”乌罗什出门的时候嘟囔道。

大家的声音听起来恢复了正常，但我没有答话。我不知道该说什么。

“哎呀，同志，你还好吧？你脸白得跟鬼似的。”这是伊戈尔。

我点了点头，要了杯水。服务员出现了。我们买了单。我把礼物放进包里。我们沉默地走出了酒吧。

出门后，我们走进一片浓雾。手放在眼前几乎都看不到。

“天啊！豌豆汤雾！”

我唯一的回应是几次深呼吸。

学生们看着我，上蹿下跳地暖和身子，然后开始散了。

“我感觉自己就像在卡朋特的一部电影里。”马里奥透过浓雾大喊道。

“你看啊，别太生乌罗什的气，”梅丽哈宽慰道，“巴尔干人的聚会总是会有巴尔干式的结局。”

“我没事，”我嘟囔道，“两周后见。”

“要去萨格勒布度假呀？”奈维娜问。

“是的。”

“哪天走？”

“明天。”

“一路顺风！”她说着亲了亲我的面颊，“给我带点那种好的萨格勒布巧克力呀。”

他们一个一个地消失在了雾中，没过多久就只剩下我和伊戈尔了。当伊戈尔提出要送我回家时，我很感激。他拿着装礼物的包，我拽着他的胳膊，靠在他身上。我还是感觉身子虚。

雾浓得就像棉花糖。之前乌罗什出事时的痛苦让位于阿姆斯特丹的欢乐和它孩子气的魅力。

“雾很配阿姆斯特丹，你觉得呢？”伊戈尔小声问我。

“你怎么小声说话呢？”

“雾的原因。”他慌忙说道。

我看着他。我发现他慌的样子很动人。雾是令人激动的。就像小孩子对凭空消失的幻想。一会儿能看见我，一会儿看不见。既诱人，又吓人。就像俄国童话里的隐形帽。

“怎么了？”他说，“你怎么这样看着我？”

“你真是个孩子！”

“你才是孩子！我打赌你连自己在哪里都不知道。”

“你说。”

“在马贡多。”

“怎么是马贡多呢？”

“你记不记得大家是怎么突然间完全失眠，也完全失忆的？于是，他们只好在东西上面贴标签，好知道它们叫什么，该怎么用。还有，你记得阿尔卡蒂奥·布恩迪亚是怎么发明了记忆机吗？”

身边的一切好像都静止了。再也没有棱角。一切都是柔和的——声响、话语、灯光。一切都是安静的，俯下身子，屏住呼吸。我们实际上只能在雾中摸索着找路。一切都是虚幻的。

“不，我记不得了。”

“记得谁拯救了他们吗？”

“不，记不得。”

“吉卜赛人梅尔基亚德斯。他从死中复活，给他们带来了装在小瓶子里的糖水。”

“可口可乐？”

我看见一个男人眨着有点斜的黑眼睛，透过浓雾盯着我看。他大大的嘴唇泡肿了，身体绷紧得像一根琴弦。他似乎在颤抖。

一幅来自被遗忘的过去的图画从我脑中闪过。我看见自己解开了伊戈尔湿热的外套，把头靠在他的胸膛，接着踮起脚尖，开始啃他的上嘴唇，直到它流出了血。我用舌头顶起他的上唇，用舌尖划过他光滑的牙釉质……

“晚安。”我喘息一声，溜进了房门。

第二章

12

“我去机场接你。”她说。“不用了，”我说，“我打车。”但下飞机时，我还是感到一阵失望：她的脸没有出现。所谓外国，就是没人去机场接你的国家，我想。我对自己的敏感感到惊讶：太幼稚了。都没来得及穿上盔甲。

我曾发誓要彻底压抑侨民情绪。我知道通常的抱怨都有哪些：“没有人问我们怎么样；他们只管自己的问题”（马里奥）我们是离开了家乡的人，他们是留在家乡的人；他们住在那边，我们呢——这边。“他们最懂了。我们张开嘴巴的那一分钟，他们就会跳进来。他们对任何事情都有看法。他们为什么非要对任何事情都有看法呢？”（达尔科）；“你听听，他们比我们还懂阿姆斯特丹，可惜他们从没来过这里！”（安特）；“他们总是抱怨自己有多惨，想让我为自己的离开感到内疚”（安娜）；“我每次回去都觉得在参加自己的葬礼”（奈维娜）；“我感觉自己就是个沙包，浑身都疼！”（波班）；“我以前喜欢扮圣诞老人。我拿好多礼物过去，那会让我感觉良好。现在不一样了”（约翰内克）；“我不了解。我没回去过，也不想回去”（塞利姆）；“我也没回去过。我害怕面对面”（梅丽哈）。

母亲公寓的门半掩着。我被她的体贴感动了：她正在做针线活，害怕没听到门铃或者把钥匙放错了地方，需要先找钥匙才能跑去开门，而且开门也可能有麻烦——你永远不知道钥匙什么时候会卡住……

她像孩子一样扑到我怀里。（“天啊！你怎么这个鬼样子！你住在哪儿呀？孟加拉国？不，你住在一个为全世界供应西红柿的国家。西红柿真难吃，顺便说一句。”）她把我按在厨房的桌子边上，开始念叨她要上的菜（“不用，不用，我盛到盘子里给你，你不用起来”），不论我要盐，还是要多放一点这个，多放一点那个……

她看起来比我上次见她时更矮，更虚弱了。她皱纹多了，头发少了。单单是透过如今稀疏的白发看见她的头皮就激起了我的心疼。天啊，她真是老了！

母亲天生就能将别人变成自己的蝙蝠侠。她对身边的每个人都是这样——我、家里的男人、她的朋友们——没有一个人有过一句抱怨。我永远是她宫廷中那个小小的、安静的侍从，至少我是这么看自己的。她会向我撒来无数五彩纸屑般的昵称——我是她的小蜜蜂，她的苹果馅饼，她的小青蛙，她的鱼小姐——但她花在我身上的时间从来都不多。最多是照看照看我：她不关心我，只是照顾我。尽管她也经常让别人照看我——学生、邻居家阿姨、日托阿姨。我参加课外活动时，总是耐心地等着她来接我。有一次，我在医院里做小手术，术后她忘了来接我。我记得自己在病床上躺了一整晚，穿着全套的衣服，外表坚强，内心却是恐惧的：我可能再也看不见她了。她第二天早晨出现了。她不许我小题大做，我最后习惯了这一点，也习惯了不靠妈妈自己干。我是妈妈的独立小青蛙。她工作很努力。她是一名经济学家，最后当上了银行行长。她还周旋于好几个长期情人和两任丈夫之间。经历过这一切，我是妈妈最棒的小学生和妈妈唯一的财富。

现在，她挤出了一副对以前从没有放在心上的邻居、以前从没有说过话的亲戚、以前我从没听说过的人亲切的样子。这段又长又详细的报告是她填补空虚，掩盖她的朋友日渐零落这一事实的方式；这是她逃避对死亡的恐惧，避免真正面对我，缓解我的到来所带来的痛苦——毕竟，我的到来只是即将离去的开端——抹掉我上一次来看她之后度过的时间的方式，总而言之，一种摆正的方式。

“还记得二楼的沙里奇先生吗？他刚死了。”

“怎么死的？”

“中风。”

“真难过。”

“还有八楼的博热维奇两口子——他家儿子没了。”

“发生了什么？”

“车祸。你见了博热维奇夫人都认不出她。她一下子老了二十岁。一夜白头。不过，你听我讲。我只跟你说了不好的事，我也有些好消息呢。”

她在考验我，衡量我的同情心有多少。她觉得满意吗，还是要骂我？（“你对邻居一点都不关心”，好像她就成天关心邻居似的。）她是上了岁数才重感情的：她过去经常取笑那些情绪外露的人。

她站起身，走出厨房，很快拿着一个笔记本回来了。她将她的日志递给我，就像一个急迫地想要向全世界炫耀新玩具的孩子似的。本子里似乎主要是数字。

“这是什么？”

“我的日志。”

“你的什么？”

“血糖日志。我得糖尿病了，必须每天监测血糖指数。”

“严重吗？”

“还行吧。但我得给自己扎胰岛素。”

“为什么？”

“大夫说，早点把小剂量的扎上，总比拖到不得不上大剂量时要好。”

她谈起糖尿病时语气很是亲密，关心而又谅解，像是在谈论宠物猫狗。她用胖墩墩的手指指着各个日期，解释那时血糖指数为何突然升高，其他时候为何又正常。

“我给你看我怎么量的，”她说道，然后马上补了一句，“你要待多久？”

“一周。”

“你有的忙了。”她噘着嘴说道。

“你什么意思？”

“你得办新身份证，这是一件。新制度出台了。排队那个吓人啊。要等一整天的。我差点儿昏过去。然后，你得去找律师，你公寓的事。还有办新的医保卡。医保卡也出新制度了。成天变。”

没错，说个不停表明她已经学会了用语言来掩饰自己的恐惧，尽管这恐惧说不清，道不明。

她拉开瓷器柜的抽屉给我看新身份证的样式时，我注意到家庭照片区有一张我和戈兰在柏林拍的合影。

“你该去见见戈兰的父母，”她顺着我的视线说道，“马尔科身体不好。”

我们收拾好桌子和碗碟，然后我拿出我带过来的礼物并给了她，是一件暖和的家居服和拖鞋。她把家居服放到衣柜里，给我看了上次见面以来她买的衣服。

“我买了不少新衣服，其实我也没地方去显摆。”她叹了口气说，“这件我只穿过一次，过生日穿的。”

然后，我们看了巴西肥皂剧。母亲徒劳地想给我补剧情。与闲聊一样，一个又一个小时地钉在电视机前，沉迷于马里索尔和卡桑德拉——管他们叫什么呢——的命运是一种自我防御的策略。母亲有三台电视机——卧室一台，客厅一台，她所谓的客房一台。全身心投入廉价肥皂剧的世界，这种电视歇斯底里病，电视麻木病，这种对直面现实的绝对拒斥是随着战争而来的。在战争期间，现实以轻薄，甚至比马里索尔和卡桑德拉的台词还要轻薄的字幕的形式溜进了家庭。那就是它被容许的全部空间。肥皂剧是你打在恐惧上面，将恐惧冲掉的泡沫，每天要打两次，最好是在朋友的陪伴下。母亲和两个邻居一起看，万达和布登太太。她们已经对巴西麻醉药上瘾了。

当年，母亲一想到要跟邻居们走得近就犯恶心，现在却不停地谈论他们。而且，我能通过她所用的称呼知道这些人在她的情感阶梯上的位置。先生或太太（“五楼的弗兰采蒂奇太太说克罗地亚石油公司被卖给美国人了”）跟她关系不错。我的邻居（“我的邻居万达等不及要见你了”）跟她亲近。只称姓氏的（“三楼的马尔科维奇成天醉醺醺的”）就是不太喜欢的。她渐渐和眼前人处成了亲人。（“或许算不上多好，但要饭的哪能挑食。我都这个岁数了。要是我有个三长两短，他们都在，而你……”）这是她对我最严厉的谴责：她的父母早就走了；兄弟十年前就死了，丈夫刚开战就没了；然后我为了躲开她也走了。

她以前对什么事都很有看法，现在却假装自己什么看法也没有。她以前也从不在意别人的看法，现在却似乎迷上了别人的看法（“费里奇太太说阿姆斯特丹还没有萨格勒布大”）。当然，都是演的。她仿佛坐在一部看不见的轮椅上，要求别人尊重自己这个残疾人，谁顺着她，她就喜欢谁。

“万达五点钟过来，”她说，“你去冲个澡，换个衣服吧。”

我听话地慢步走去浴室，冲了澡，换了衣服。

我们三个人喝咖啡的时候，母亲绘声绘色地跟万达报告了我在阿姆斯特丹的生活。

“塔尼察说阿姆斯特丹是世界上最美丽的城市之一。那个，我最近看了部电视纪录片，看了你就知道它甚至比威尼斯还美。”

塔尼察说了这，塔尼察说了那。这既是跟万达闲聊，也是在向我传话。

万达走后，我在公寓里转了一圈。我称赞了新的浴室柜，指出她应该处理一下浴室天花板上的黄色污渍。她一听就来劲了。那是因为伊维察斯家的浴室漏水，可他家根本不忙着修。人都是这样，现在不也是？干了坏事，然后把自己撇得一干二净。

“我去处理。”我说。

她差点儿激动得脸都红了。你还以为我是跟她求婚呢。我要把事情担起来，做我该做的事，照顾好她。（“塔尼察已经过来管了，谢天谢地。还是要谢谢你，不过塔尼察会处理好的。”）

我们看新闻节目，她给我补充各种与电视相关的消息：女主播换人了，新智力问答节目的主持人，新播的电视剧。

“你落伍了！”她说，“你怎么跟走了一百年似的。”不过，这并不是谴责，而是长谈的由头。她说得没错。我确实落伍了。最起码电视屏幕上的生活看起来完全不同了。

“我不知道该怎么办，”她突然叹气道，“什么都那么贵。我的养老金挺多的，可就连我也得发愁怎么过日子。

我最后可能要把度假小屋卖了。”

“卖吧。”

“你不在乎？”她问道。

她又在考验我了。

“我不能说我不在乎，”我说，“不过，要是你觉得有必要，那就卖吧。”

“可那是你的呀！”

“不，它是你的。”我说。

“它整个夏天都空着。我以为你和戈兰最后会回来，想要在海边有个地方住，我们一起消夏的地方。可现在都没意义了。我讨厌它就那么空着。”

她有点夸大其词了。戈兰和我本来也很少去茨雷斯的房子。那里是她对美满家庭生活的投射。她以前总和丈夫去那里消夏，直到他心脏病发作——恰好也在度假小屋里——从那以后，她基本上就不去了。所以，它确实空着。

我们又聊了一会儿——还是聊电视，高物价——她说自己困了，就去睡了。她马上就睡着了，跟小孩似的。我关了电视，关灯，去了我的房间，客房。

肩上披着她的一条羊毛围巾，我走上阳台，凝视着黑夜。我在家里残存的东西好少啊，我在想。几张照片，一些衣服——就这些了。想到的时候我并不觉得难过。我凭什么要更多呢？我们还住在一起的时候，我的东西就很少：她占据了全部的空间；我永远在某个角落里。

如今，我定格在精心挑选出的残片中。她绝对地掌握着自己的地盘，安排和调整着它的内容物，仿佛生活就是照片的布置。她之所以留着我和戈兰的合影，是为了让母女关系继续下去。作为这出家庭肥皂剧的导演，她拒绝接受我们的分离。

是的，我会回家。我咀嚼着家这个概念，好像它是一块嚼过的口香糖，我要把它最后的一点滋味咂出来。家不再是家了。家只剩下母亲了。不仅戈兰走了，我们的朋友们也走了。许多人去了世界上遥远的地方，留下来的人也不再是朋友了。不是他们做了什么，也不是我做了什么。事情只是这样发生了。

我看着外面的建筑，它们似乎也在看着自己在一面镜子里的倒影。我试着将头脑放空。我喜欢沉浸在黑暗中。然后我就上床了，身后拖着母亲的围巾。我抱着围巾入睡了，好像它是一只泰迪熊。

13

“我一走就再也搞不清楚了，”梅丽哈说，“我总是不确定时间，你懂我什么意思吗？”

对他们来说，时间分为以前和后来。尽管他们能轻松地重构出战前时期，但包括战争本身在内的战后时期就是一团混沌了。最简单的问题都能将他们绊住。

“我是说，我什么时候出国的？”

这就是他们说话的方式，还原为最小公约数。

“对。”

“这个，我不是直接过来的。”

一开始都是这样。或者那样。一开始，他们做了那件事，去了那里，然后来到这里，来到荷兰。流亡者的叙事是没有日期的。日期用荷兰语比较好回答，因为荷兰官员总是在问：“你第一次到荷兰是什么时候？”然而，尽管他们学会了马上做出回答，却搞不清回答背后的内容。战后是一段神秘的时光，它到底是过了一百年、两百年、三百年都没有区别。在短短的战后时期里发生了太多的事情，他们的心理时钟在重压之下坏掉了。一切都坏掉了，一切都断掉了，裂成了碎片。地点和时间一样，分成了以前和后来，生活分成了这边和那边。他们突然间没有了证人、父母、家人、朋友，乃至我们借以重构生活的平常见到的人。没有了这些可靠的中介，他们被抛回了自身。

我走进屋子时就有一种感觉：他们纯粹靠意志力回拨了时针。他们将我诱入了他们的茧，好让他们可以晚一点再去想死的事。但是，死亡就在他们身边，是他们看不见的租客。空气里都是它的臭气。

公公身穿睡衣，披着一件皱巴巴的浴袍，没有系带子。一根管子从敞着的怀里伸出来——是导管。这是失禁的表现，我感到了震惊。我几乎认不出他了：他瘦了，胡子拉碴，面容委顿，还有黑眼圈。婆婆好一些：她穿着一件好看的罩衫，还涂了口红。她努力表现出最起码她还没失禁的样子，这触动了我。

我管他们叫公公和婆婆。奥尔加和马尔科以前是老师，生下戈兰时岁数已经不小了。公公在“二战”爆发前夕从教师培训学院毕业，参加过游击队，战后担任克罗地亚教育部高官。1948 年，与许多其他人一样，他因为政治失言被送去了 Goli otok，也就是裸岛，在那里做了三年苦工。获释后，他被发配到地方小镇当小学老师。直到戈兰上大学，他们才搬到萨格勒布。

公公一贯朴素内敛：他在裸岛学会了闭上嘴巴。直到七十年代为止，劳改营和其中的暴行都是禁忌话题，就算在七十年代也没有人多谈。于是，公公基本上闭了一辈子嘴。不过，他善于倾听，而且很会问问题。他很少表露对戈兰的爱；他似乎将这一面全都交给了婆婆。我认为他也是爱我的，以他自己的方式。

突然间，你一句话都插不上了。他说个不停，不光是问，还会自问自答。

“我听说你在教书啊。学生多吗？我当老师三十年，一直想算清楚教了多少学生。奥尔加也算。我花了多少时间在这上面，都没法跟你说。信不信由你，我们就没算清楚过。于是，我就跟奥尔加说，奥尔加呀，我说，咱家可算出了个数学家，不是吗？写信让他算。”

“你现在别想这事了。”婆婆说。她接着转向我，扯了我一下。“来，到厨房给我搭把手，走不走，塔尼娅？”

“你看见啥样了吧。”她小声说道。

我没答话。

“说，说，说。不停地说。我都不听他讲了。”

“导管干吗用的？”

“别问了。它就是……帮我把饼干从储藏室里拿出来吧，好不好？”

她愿意把秘密分享给我这一点打动了我。我打开了被她抬高为储藏室的橱柜。我惊讶地发现橱柜门上用胶带粘着一张杂志的标题页，挺可笑的。那是一张身穿元帅制服的铁托照片。我一直以为公公和婆婆痛恨铁托，尽管他们嘴上从来不提。现在好了，公公的刽子手优哉游哉地进了家门，和家里不多的大米、面粉、洋葱、土豆待在一起。他们决定给他平反。在婆婆的储藏室里。显然，比起现状，他们更喜欢铁托时代，尽管他们不敢大声说出来，正如他们在铁托时代也有很多事情不敢讲。

“他什么时候成话痨的？”我问道，说着把贴着酥饼照片的马口铁罐拿了下来。

“我也说不准。是一点一点的。不过，我最后没法不注意到了。我不在屋里时，他就对着墙说话。他就是不停地说。我再也受不了了。真是受不了。我都听了一千遍了。我甚至感觉睡觉都能听见他念叨。”她咬了下嘴唇，又说了句，“我就盼着熬完了。”

“戈兰呢？他了解情况吗？他过得怎么样？”

“你可以看看他的信，如果你想的话。”

"不了。有什么好看的？"

她出去了片刻，回来时拿着一张快照。

"我不该给你看这，不过，你知道可能比较好。"

她把照片递给我。上面是戈兰和一个日本女人。

"挺好。"我说。

"她叫 Hito（日户），"她宽慰地说，"你公公和我叫她 Tito（铁托）。我俩的小玩笑。看着还不错，是吧？"

我又瞥了照片一眼，一阵令人痛苦的嫉妒传遍全身。

婆婆叹了口气。

"来日方长，塔尼娅。唉，我俩是不长了。一辈子就过去了。可你们还小，应该有更好的前程……听你妈说，你在阿姆斯特丹还可以啊。"

"挺好的。"

"你一直是尖子生。"

我感觉她话外有话——她想说，她是我这边儿的——但她找不到合适的词。

"你不跟他走的时候，戈兰挺难受的。"

"我知道。"

"幸好时间会治愈一切伤痕。"

公公出现在了门口。

"你俩在这儿说什么悄悄话呢？我可不想被撇开。什么时间会治愈一切伤痕？你们女人啊，捡到一点东西就到处学舌。时间不会治愈伤痕；时间制造伤痕。”

“你小说读太多了。”婆婆说道，好像在跟小孩讲话。

我们回到客厅，喝了些咖啡。婆婆打开酥饼罐子。酥饼是南斯拉夫时期生产的，放了那么久，都尝不出味道了。

公公接着絮叨。婆婆不时挥舞一下手臂，好像在赶苍蝇。接着，她起身打开电视机。公公开始嘟囔，说她刚才没听他讲话，说她从来不听他讲话，就想着那个蠢盒子。婆婆调低了音量。她看肥皂剧都只看字幕，用不着听声音。

环顾客厅，我感觉东西都变小了。就连公公和婆婆看起来都小了。东西看起来都旧了，灰暗破败的样子，就像角落里那盆落灰的印度橡胶树一样。

公公的话语淹没了客厅，下结论，为行为辩护，发火，发牢骚。这些话几乎变成了实物。它们是随着年老和膀胱失禁而来的。他意识不到它们在从自己身上喷出来。

我不知道过了多久，但在某个时刻，我站了起来，好像刚从梦中醒来。

“我该走了，”我说，“我妈给我做饭呢。”

他们没有挽留我。

“好啦，你现在知道我们的日子是什么样了。”婆婆带着歉意说道。

“什么样！”公公咆哮道，“我们比许多地方的人过得都好。要不是出了那些事，我们比美国人过得还好。”

他喘着粗气，从放电视的桌子底下抽出了三个笔记本。本子很大——是信纸的格式——而且是手工装订的。

“给你，”他说，“看看这些吧。我瞎写的。”

我在门口分别亲了他们一口。公公显然不太舒服。他努力想笑，但嘴角还是向下。这副表情让他看起来像个被抛弃的孩子，正在努力克服受到的慢待。我到机场时肯定也是这副表情。

14

我看着她先用针扎破手指，再用小滴管吸出一滴血，然后颤颤巍巍地把滴管插进一台小仪器的开口处，依次将显示屏上的数字认真登记到血糖日志上：日期、时间、血糖含量。我看着她忧虑地瞥了一眼时钟，接着打开冰箱，取出早餐的食材，把餐具整整齐齐地摆在桌子上：两个盘子、两个杯子、两把勺子、两条餐巾。

“咖啡你自己做吧。我喝不了。血糖问题。”

我将雀巢速溶咖啡倒进了冷牛奶里。

“奶热一热。你什么也不吃？”

“我吃不下。”

“好吧，我得吃。定时定量。糖尿病就是这样。”她叹了口气。

我看着她用手指掰碎面包，就像小孩那样。这是她的又一个新习惯。

“你在观察我，”她突然蹦出这么一句，“我感觉自己是只小白鼠。”

“你什么意思？”

“从你来那一天，你就一直在观察我们。”她说道，给我加了个们字。

“不是的。”我说。

她拿起一片泡过的面包，开始搓球。我感觉喉咙哽咽了。我要哭了。然后她也要哭了。

“这让我感觉你在谴责我。你以为戈兰是因为我离开你的。”

我绝不能上当。我不断对自己重复。我绝不能上当。

“吃完早饭，我们就收拾东西，叫出租车。”我尽可能平静地说。我注意到我也开始说我们了。

“阿姆斯特丹和萨格勒布在一个时区吧？”她问道，转向了进攻模式。

“当然在。你知道呀。”

“所以，那边现在也是八点半？”

“是呀，只是荷兰语里不说点半，说……”

“不知道为什么，总觉得那边要早一个钟头。”

“没有。时间是一样的。”

“好吧，你应该知道。”她叹了口气，又说，“想到你在那边，我高兴不起来。”

“为什么？”

“那些运河，我敢肯定有味儿。”

“完全没有。”

“但那是死水啊，会臭的。”

“奇怪，不臭啊。”

“好吧，花钱请我，我都不去住。”

“为什么不呢？”

“成天下雨，运河里还游着老鼠。”

“你这想法哪儿来的？”

“电视上看的。”她在撒谎。

“我一只老鼠都没见过。”

“总有你看不见的。你的脑袋成天都在云彩顶上。”

我想，这就是心碎吧。我都要走了，她还要损我一句。我要抛弃她了，她必须想办法惩罚我。这种事情曾经会让我落泪，但我已经学会自我保护了。它现在就像从鸭子身上滚下去的水。

“我要收拾东西了。”我说着就起身回屋了。

她也跟了进来。

“要不要带点东西？”

“比如？”

“我不知道。我有点手工梅子蜜饯。”

“你会做梅子蜜饯？”

“不是，是布登太太做的。我也吃不了。血糖问题。”

“那我就带点。”我这么说是为了让她高兴。

她拿出一个装在塑料袋里的玻璃罐。

“天啊，你什么时候能学会收拾？”她说着把我包里的衣服铺平。“用罩衣裹住，别破了。还带别的吗？你自己的东西？”

“我什么都不要，妈。”我说着拉上了包。我看了一眼手表，发现时间还很充裕，“干吗不把我的东西送人呢？万达可能用得上。”

我每次回去都觉得在参加自己的葬礼。（奈维娜）

她专门无视了我说的话。

我又给自己泡了一杯咖啡。

“你怎么喝冷雀巢呀？”她问道，“我给你热热。”

“我喜欢冷的。”

“你总是有自己的想法……你怎么还不打电话叫车？”

“时间还多呢。”

她打量了我一番，然后垂下眼睛。我们都在急切地寻找中立地带。

“我给你量血压吧，”她提议道，“我猜你肯定没量过。”

“好呀。”我嘴上这么说，但我受到的打击太大，几乎喘不上气。

我感觉自己就是个沙包，浑身都疼！（波班）

她拿来一个塑料包装，小心翼翼地取出血压计。她将腕带缠在自己的左胳膊上，然后用剩下的一只手按钮。她看着数字不断跳动，直到机器发出提示音。不到一分钟就测完了。“你血压正常。”她说，有一点心不在焉，但语气平静。

她抬起眼睛，与我的目光相遇。

“我刚才就是试验一下，”她赶忙说道，就像被抓到说谎的孩子似的，“看看好不好使。现在把你的胳膊给我。”

我把胳膊递过去。她用因年老而肿大的手指把它抓住，将腕带绑在上臂处。血压计放在她大腿上，她用两只手抓稳，按下按钮，显示屏上出现了三个8。8消失后，她小心按下开始键。我们没说一个字。我感觉胳膊受到挤压。我们听着机器的嗡鸣声，盯着显示屏的数字升降。数字不动的时候，我突然想要停留在那个姿势，永远不动。

“你正常，”她说着取下了腕带，“你不用担心血压。”

那就是我们的告别拥抱和亲吻。看得见的血压计是看不见的、像金属线一样清新有光泽的血脉联系的替代品。我们的血压是正常的，我们的心率是平稳的。那一刻，我们已经将一切要说的话告诉了彼此。

我叫了出租车，车马上就到了。她送我上了电梯。我亲吻了她的面颊。我深吸一口气，将她肌肤的香气吸了进去，然后憋着气上了车。

“爱你！”这样一句话突然向我飘了过来。是英语。

她肯定是从电视放的美国电影里面学到这句话和相应语调的。我被触动了：她从没有对我说过这话，从没对我说过*我爱你*。现在，这句唱歌似的美式*爱你*或许是用沙哑的声音说出来的，却充盈着她想要说，又不知道该怎么说的一切。它直击我的心口。让我从内而外地崩溃了。

透过电梯门上像潜水眼镜一样狭窄的小窗，我能看见她在用手擦自己的面颊。她肯定是在擦泪。按下楼层键时，我能听见她穿着拖鞋离开的声音。

“爱你……”我以为自己在将这句话唱给她听，但我嘴里发出的更像是一声呜咽。

15

我在机场免税店买了几盒要带回去的巧克力。名牌巧克力克拉申的包装盒上有压纹克罗地亚国徽，设计贴合新版克罗地亚护照。

起飞后，我产生了一种模糊的解脱感。我翻阅起航班提供的杂志，先是空洞地盯着目的地列表，又随便看了看介绍伊斯特拉松露、科尔丘拉岛美景、钢琴家伊沃·波格莱里奇流星般的职业生涯，还有网球冠军戈兰·伊万尼舍维奇最新斩获的文章。

我在萨格勒布的七天里一事无成。我没办新身份证：我没找律师。当然，公寓肯定是没戏了：类似案件有成千上万起。另外，我对我们抛下的东西也不是特别留恋。我确实怀念书，戈兰的书和我的书，但即便现在的住户同意还书，我也没地方摆。

不过，我说服了母亲楼上公寓的住户，他们同意找人处理她家天花板那块丑陋的黄色污渍。我还给母亲留了点钱，好应对类似的紧急情况，还给水槽安了新水龙头。

我在萨格勒布住了七天，看了七集巴西肥皂剧。我分清了剧中大家庭里谁都是谁。从母亲下床那一刻起，三台电视机就至少有一台是开着的。

“这让我感觉自己并不孤独。”她自我辩护道。

“怎么不试着读读书呢？”

“我不行。看书眼睛疼。”

“买副新眼镜吧。”

“我买了，没用。眼里好像有沙子似的。”

我不打电话：没有人可以打。我会翻看旧通讯录存的号码。有一次，我甚至拿起话筒，拨打了一个当年友人的号码，但还没等有人接，我就把话筒扣下了。我松了一口气。

我会想起母亲。想起她对家的维护。对她来说，最要紧的就是污渍处理掉、水龙头不滴水、窗帘洁净、生活在正轨上运行。但她也是一名斗士，而且她找到了一名敌人：血糖。她不承认其他任何敌人：她现在太虚弱了，分心就会落败。于是，她划出了自己的领地，她在里面就是至高的统治者。

戈兰和我的合影放在母亲家客厅的瓷器柜里。在那里看到它就让我明白，她的展品与我在侨民客厅里看到的是何其相近。侨民们展示的纪念品所表达的并非对过往生活或故乡的怀念；恰恰相反，这些物件表明他们并不怀念。心形糖饼、鞋形烟灰缸、达尔马提亚或黑山风格的小帽、手工刺绣和蕾丝、皮质酒葫芦、亚得里亚海海贝，它们是无数个神龛，利利普特国的坟墓，标志着一种生活方式的结束、一个明确的选择，以及他们愿意接受这个选择意味着的损失。

我有没有接受，我说不好。我能说的是：在那一周时间里，我一直不自在。出门上街时比和母亲在一起时更不自在。我脸上带着看不见的巴掌印，漫步在萨格勒布的街道。我看东西有一点斜眼，就像兔子似的。为安全起见，我还会抱住建筑物的立面。一切看起来都是褪色的，灰色的，一会儿是我的，一会儿是陌生的，一会儿是从前的。

我没跟母亲说自己试过办新身份证。问题是，我找不到办公楼。尽管我以前去过几次，尽管我很熟悉那片区域，尽管我的方向感很好，但我就是找不到地方。我问路的时候，别人让我往左往右的，可我依然找不到。我在那片狭长的空间——最多有两三条街——绕了一圈又一圈，直到恐慌情绪突然淹没了我的内心，我哭了。流亡带来的创伤——它相当于妈妈在小孩子的视域内突然消失——在我最想不到的地方浮现了出来：在家。我竟然在自己再熟悉不过的区域迷路了，这个事实让我惊恐万分。

我回想起了乘飞机时偶遇的邻座乘客。他来自萨格勒布，可能比我大几岁，是一名建筑师，1991年离开了萨格勒布。我见到他的时候，他正在回美国的路上。他在一家美国事务所找到了工作，并在那里定居。

“我以为自己傻掉了。”

“怎么会呢？你会迷路太正常了，”他说，“改名的街道太多了。”

“但街道还是一样啊。”

“名字改了，街道就不一样了。”他说。

“我还是不能相信自己会迷路。”

“有点昏头罢了。改得太多，太急了。”

“不过，我怎么会在自己的城市里走丢呢？”

“要是萨格勒布已经不再是你的城市了呢？”

“萨格勒布永远是我的城市。”我固执地说，自己都能听见这句话有多荒唐。

“下次再去，用心学习一下新的街道名就好了。旧名字越早忘记越好。”

“你以为那很容易？”

“一点也不容易。我知道你有多难过。我过去也一样。可我已经过来了。或者说，它自己就会好的。因为他们已经把我们除名了。我、你、所有离开的人。是啊，我们是搞不清，但我们不算数啊。我们是可以忽略不计的少数人。看，你现在回过家了。你得没得到一种印象：人们对过去十年间的事情感到特别不安？”

“我不知道。”

“人们在1991年松了一口气。许多人在前南日子都不好过。总是有某个必须为之奋斗的倒霉目标：这样或那样的光辉未来。还有那些该死的邻居，指指点点，盯着你家母鸡下的蛋比他家多还是少。于是，前南解体的时候，很多人都长舒了一口气：他们可以抠鼻子，挠屁股，把腿翘到桌子上，把音乐调到最大音量，或者只是坐着看电视了。克罗地亚人赶走了塞尔维亚人，塞尔维亚人赶走了克罗地亚人，痛打了阿尔巴尼亚人。还有可怜的波斯尼亚人——他们像我们这些侨民一样被除名了。克罗地亚人和塞尔维亚人都不要他们。是啊，那地方现在到处是罪犯，而且罪犯坑了他们中的很多人，但他们仍然觉得现在比过去好：最起码罪犯是本族人，高不可攀的标准也没有了。他们应该感谢米洛舍维奇：毕竟，他拔掉了南斯拉夫的电源。别人谁都没有这个胆量。大家都高兴极了。”

“可后果呢？这一切由谁负责。”

“与你何干？再说了，问这种问题有什么好处？你看吧，再过一两年就没有人记得武科瓦尔了。或者萨拉热窝。连当地人都记不得。所以，不要那么激愤了。相信我，不值当。”

“但我就要。”

“告诉我，你见过第二次世界大战后离乡的侨民吗？哪怕是1971年清洗民族主义分子之后的流亡者？我见过。我在美国有一个叔叔，是他介绍我认识侨民的。就跟见鬼一样。他们滔滔不绝地讲着与我们的生活没有半点关系的事情。那就是他们的时间观。你离国时不仅改变了你的空间；你还改变了自己的时间，内心的时间。萨格勒布时间走得要比你内心的时间快得多。你依然困在自己的时间框架里。我打赌，你现在还以为战争是昨天爆发的呢。”

“可它就是啊！”我激烈地说，“而且它还没打完。”

“那是对留下的人来说！你的昨天就是他们的古代史。还记得克罗地亚宣布独立后，从加拿大、澳大利亚、西欧、南美涌回来的侨民吗？久经考验的克罗地亚人。应图季曼号角声而起的恶棍、私兵、打手、失败者。”

“地方博物馆里的展品。”

“没错。对了，再过几年，在留下的人眼里，我们可能就和他们一个样了。所以，要做的事就是忘记，忘记一切。”

“那谁会记得呢？”

“你以为人们发明象征性的替罪羊是为了什么？为了让别人替自己受苦和铭记。”

“我不知道我是不……”

“好了，我告诉你吧。我们的故事不好讲。就连数字的意义也是因人而异。我们感觉是大洪水，别人感觉是冲个澡：几十万人被杀，一两百万人流离失所，这里着火了，那里爆炸了，还有一点劫掠。都是小事！印度今年发洪水死的人都比这多。”

“你简直是疯了！”

“人们不喜欢不幸，相信我。他们不能对大灾难感同身受。至少不会长期感同身受，哪怕是发生在自己身上的灾难。所以他们才想出来替罪羊的办法。”

“我不明白。”

“知道猫王死了的人比知道萨拉热窝图书馆没了的人还多，比知道斯雷布雷尼察遇害穆斯林的人还多。灾难让人倒胃口。”

“你说的话太可怕了。”

“你还什么都没听着呢。我要是真说起来，你肯定想离我远远的……”

他被飞机广播打断了：飞机即将在阿姆斯特丹降落。

“幸亏打铃了。”他露出了真诚的微笑。

（我在荷兰语里比较舒服，奈维娜曾说过，好像荷兰语是个睡袋一样。）

“我在天上比较舒服。”我说。

我的旅伴无视了这句话，好像觉得它很下流。

能见度很好——天朗气清，阳光明媚。我们身下的大地就像逾越节吃的无酵饼一样，分成一个个细长规则的格子。荷兰。上万个马列维奇《白底上的白色方块》的廉价复制品拼在一起的样子。我一下子意识到，我脑海中没有一幅萨格勒布的图像。我努力想要唤起点什么，但我能想起来的只是一系列模糊的，而且是——着实奇怪——黑白的画面。出于某种原因，我的潜意识把我关于萨格勒布的文件都扫回了前彩色时代。

“告诉我，”我突然将头转向旅伴，“共和国广场的那家 Varteks 品牌店还在吗？”

“你是说耶拉契奇总督广场？”

“无所谓。”

“嗯。我不知道。”

“我也不知道。我昨天去那里了。我现在想不起来当时见没见到它。”

“我从没在那家店买过东西，”他说，“它怎么会让你这么惦记？”

“它就是会。”我说。

第三章

16

一颗手榴弹落在小男孩和
他爸爸中间。好一个场面!
可怜的小男孩，剩不下什么，
爸爸，双臂都没有了。
他们试着把孩子装进袋子，
但很快就失望地诅咒着上帝，
因为他们能找到的
只有一只鞋子，一绺头发。

——内诺·穆伊契诺维奇

回到阿姆斯特丹的第二天，我去了一趟系里。开课还要一周，但我觉得最好先来报个到。

“我听说你的一个学生自杀了。”秘书告诉我，同样的语气完全可以用来通知我课时做了调整。

“你说什么？”我努力挤出这一句。

“我听说的。”

“哪个学生？”

“我怎么知道？”

我真想掐死她。

“谁告诉你的？”

“你的另一个学生。就刚刚。”

我冲下楼，跑进咖啡馆，在那里发现了奈维娜和伊戈尔。我从他们脸上的表情就能看出来不对劲。

是，他们听说乌罗什自杀了。不，他们不知道具体情况。他们听说乌罗什的兄弟已经来阿姆斯特丹料理后事了。唉，他父亲是战争罪嫌疑犯，正在接受海牙国际法庭审讯。不，他们不知道，不知道他父亲。乌罗什太内向了。我之前也注意到了。和我一样，他们从没在课堂外见过他。

伊戈尔只说了句：“可耻啊，同志。”

刚开战的时候有一波自杀潮。

婆婆跟我讲了一名从前线回来的士兵的故事——一个不到二十岁的男孩子——他去了一趟母校。他好像一整天都在操场上，拿糖果逗小孩，给他们看手榴弹长什么样。次日早晨，他的尸体散落在操场各处，一部分被炸到了树上，被发现时依然在树枝上。上课前几个小时，他把自己炸飞了。老师不知道——他们怎么会知道？——于是孩子们纷纷聚在血肉模糊的尸体旁边。

是的，一整波自杀潮。安静、平和、不起眼的自杀，因为死亡和不幸的消息已经太多了，人们没有多少同情心分给他们。在战时，自杀是奢侈品，同情心是稀缺品。

自杀各有各的办法：有喝酒喝死的——这是最省钱的办法；有嗑药嗑死的——边界因战争而洞开，毒品大量涌入；或者只是死于心碎，即心脏病和中风发作后得不到治疗的委婉语，战争期间，这两种病像野火一样四处蔓延。其他得不到治疗的疾病也会放到自杀的大标题下。接着发生了女生自杀案，她的父亲是一名塞尔维亚将军，也是战犯，她因耻辱而结束了自己的生命。还有一位贝尔格莱德老妇人，她在公交车进站时跌倒了。当时等车的人很多，踩着她的身体往车上挤，没有一个人想到要帮忙。医生们把她治好了，但刚把她送回家，她就从四楼窗户跳了下去。又是耻辱。

逃离了战争的人也有自杀的。我们在柏林听说过各种各样的故事。一个波斯尼亚女人住进了精神病院，出院前一天上吊自杀。一个波斯尼亚难民住在难民营里，先用枕头闷死了妻子和两岁的孩子，然后上吊自杀。在阿姆斯特丹，一名克罗地亚女人在避难中心里点火自焚。他们自杀是出于委屈、绝望、害怕、孤独和耻辱。静悄悄的无名死者，数量很多，同样是战争受害者，尽管没有计入战争死难者的数字。

不一会儿，达尔科来到咖啡馆，我们从他那里得知了细节。之前只有达尔科与乌罗什维持着一定的私人关系。他告诉我们，乌罗什用转轮手枪击中了自己的太阳穴。搞到武器不麻烦：他只要联络南斯拉夫黑手党圈子就行。阿姆斯特丹充斥着南斯拉夫的武器：警方经常在公园里碰见被丢弃的手榴弹。不久前就有两个孩子误触手榴弹丧生。

乌罗什扣动扳机前给公寓来了一次大扫除。他把自己的东西全扔了——书，衣服，每一样，包括他射出致命的子弹之前穿的衣服。他只留下了一个黑色塑料袋。袋子上贴了一张便签，便签上用工整的大写打印体写着他兄弟的名字和地址。他是在周六或周日自杀的，当时房东太太正好去了外地。周一晚上发现尸体后，她立即通知了警方。他赤裸的尸体躺在屋子中央。他做得很干净：除了几滴血和尿以外，屋子看起来和新的一样。尸体周围有七个硬纸板材质的儿童手提箱（玩具箱！），就是玩具店 Blokker 里卖的那种。箱子里的东西都一样：一把没用过的牙刷、一个便签本、一支削好的铅笔、一顶犹太小圆帽。

“乌罗什是犹太人？”奈维娜问道。

“就我的了解，他不是，”达尔科说，“他爸爸是住在波斯尼亚的塞尔维亚人，你们都是知道的。”

达尔科描述的乌罗什死状看似幼稚，但同时也冷得像一把刀。这些硬纸板儿童手提箱是乌罗什觉得自己上路的必要物件：犹太小圆帽、牙刷、本子、铅笔，一式七份。它们就像是乌罗什用象形文字写下的遗嘱，留给任何有心破解的人。

“啊，还有一件事，”达尔科说，“他嘴里含了颗子弹。”

“为什么？我想知道。”奈维娜问道。

“我不知道。”

“对呀，”伊戈尔漫不经心地说，“为什么呢？”

“就像我说的，我不知道。但是，要是——等他把屋子清理好，衣服脱了，枪顶在头上——他意识到开枪会疼，他会怎么办呢？他可能会喊出来。有人可能会听到。也许，他想到了战争片里的场景，一个伤员要做手术，又没有麻药，于是他们就在他牙齿中间塞了一根硬物，免得他大叫。然后，他慌了一秒钟，因为他什么都没了：他已经把所有东西都布置好了。但是，他接着从手枪里取出了一颗子弹，放在牙齿中间，然后将另一颗子弹射进了自己的头颅。”

达尔科是勉强把话说出来的。在他试图重现场景的全过程中，他似乎都要哭出来似的。与此同时，他仿佛也在思考乌罗什的死是多么没有意义，在向它抗议——毕竟，高贵的、有意义的死是存在的，为什么乌罗什的死就毫无意义呢？——最后，他还是同情着乌罗什，原因正在于他的死是如此无意义。但是，我只能揣测达尔科的内心活动。我说的抗议其实是我自己的抗议。

伊戈尔给我们看了一篇《新鹿特丹商业报》发表的短文，内容是三名战犯受审，其中就有乌罗什的父亲。他们是最早受审的战犯之一，只是小虾米而已。大炮出庭还要再等好几年。

“我们要去看看他吗？”他问了句，他指的是乌罗什的父亲。

“你的意思是，审判过程对外开放？”

“我今天在系里拿到了两张通行证。”

“就像电影票一样。”

“他们以为是语言实习呢，”他挖苦道，“免费。”

“时间？”

“明天，如果你想去的话。”

没有人说话。我在上学期已经忘记了战争。学生们也一样。乌罗什之死将我抛回了混乱中，噩梦中。我恍惚了。我怎么竟然不知情？因为我从来没有问。我从来没有问，是因为我害怕开口问。现在已经太迟了，应该问却没有问的问题正折磨着我。

“乌罗什的兄弟都料理好了。他有一直住在这边的朋友，他们帮了忙。你也好，我们哪一个人也好，什么事都办不了。我们连葬礼都不能参加。”

“我们可以为他的灵魂举杯，对吧？”奈维娜说着朝吧台的方向走去，“我请。”

我们无言地小口喝着荷兰生产的 rakija 酒。我不想乌罗什了；我在想战争初期电视上播的一个片段。画面中的斯洛文尼亚小伙子年纪与乌罗什相仿，身穿南斯拉夫国民军的制服，他被新成立的斯洛文尼亚本土防卫军抓获了。他站在那里——举起双手，泪水顺着面颊流下——大喊道：“兄弟们，别开枪！我是你们的人！”几秒种后，斯洛文尼亚兄弟们射杀了自己的兄弟。

我们的酒喝干了，奈维娜、达尔科、伊戈尔和我各自离开。那天的阿姆斯特丹就像费里尼《阿玛柯德》里的场景。他们眼里的雪花是令人难以置信的特大号雪花。

17

时常有人

在树丛下挖出

锈坏了的刀枪，

并把它们丢进废物堆里。

——维斯拉瓦·辛波斯卡

我不知道该做什么。我在自己局促的公寓里踱步，身体因低烧而颤抖。我不能专注想任何事，乌罗什之死的念头像偏头疼一样占据了我。然后，我盯上了一个笔记本，是公公不久前在萨格勒布给我的三个本子之一。其他两本我都放在母亲那里，我知道自己没有时间，也没有心情读。如果说我竟然拿了一本的话，那也是为了安抚良心。我把它从架子上抽出来，开始翻阅。

文字是打印出来的，单倍行距，页边距基本为零，字迹很模糊。他给我的肯定是三手或者四手复印本了。纸张用订书器订起来，外面套上浅绿色的硬纸板，正面是他自己手写的乡镇小学校长回忆录。他将这些本子叫作书。我不知道他给第一卷起了什么标题，内容估计是童年时光。第二卷好像是叫校园时光，校园时光，美好旧时光。我手头的是第五卷，题词写着献给我未来的子孙后代。公公对子孙后代没多少希望，子孙只是一个浪漫的借口，但既然他把这本书，他人生的忏悔录复印了好几份，那么他显然是希望最后有人会读它的。

> 我来到N城，干我当年学的老本行：教书。与许多其他人一样，我是一名教师，只有一件事不同：我来到这所学校和N城之前所在的地方——裸岛。

公公的忏悔录中充斥着他的政治犯经历，他是因为同情共产党和工人党情报局而被送上裸岛的。这段经历让他彻底失常了：哪怕是获释后，他依然感觉自己没有被赦免。当他在“里面”，“从生活中消失”的时候，当他“一整天，每一天将一块十公斤重的石头搬上五十米的斜坡，要是看守碰巧心情好，他可以在拖着石头走下斜坡之前歇一会儿”的时候，外面的人学会了“掏国家的钱包”，而且越发无耻。他将出狱后的生活叫作“余生”，把自己称作“尸体”，他不得不掩饰自己的裸岛经历，好像那是梅毒一样。他在生活的其他方面也感觉被流放：他失去了军籍（他描述了自己的军事荣誉表彰如何被全部剥夺），也不是党员了（被开除出党）。现在，他只是一名小学校长。

文中包含了各种语调和情绪：不光是自怨自艾，也有校长派头的说教，或纯正信仰者的义愤，或参与带有政治色彩的地方社会工作机构的热情。起初，我以为他在讲述一整套看不见的监狱高墙，但我不久便意识到，他真正的听众不是子孙后代、铁托、党、秘密警察、南斯拉夫国家或残忍的裸岛看守；而是他教书的小镇。

一幅二十世纪五六十年代南斯拉夫地方日常生活的图景逐步展现。公公详述了自己在N城的经历：任教数年后，他翻新了破旧的校园——给泥泞的操场铺上水泥，然后收来废弃的板子，搭了一个车间；又过了很久，他在当地大学继续教育学院任内主持修建了文化中心，还创办了工人文艺协会；他成立了一个业余剧团，还给团里搞到了真正的泛光灯；修建全镇第一座电影院并获取片源；建立全镇第一座真正的公立图书馆兼阅览室并募集购书资金；为无人打理的镇公园赋予新生；修建中学大楼和全镇第一座游泳池；组建篮球社团；创办全镇第一所音乐学校……

讲学生的部分尤其温暖。他回忆到，自己有一次口误，将“到黑板前来”说成了“到黑板上来”。趁他背对的时候，听到命令的学生把他的话当真了。“那个男生已经将黑板从木架上搬下来，站了上去，全班哄堂大笑。他最后拿到了两个大学学位。”

退休后——他当时已经搬到萨格勒布——他正常获得了一块纪念金表，表彰他的尽心职守。但他将大半辈子倾注其中的镇子却没有任何感恩的表示，这让他很受伤。

在书的结尾，公公用大量篇幅描述了自己从童年到老年生活中的各式橱柜、衣柜和架子（棺材也被他划到了这一类），对萨格勒布公寓里的书架的描述尤为浓墨重彩，上面摆着他获得的各种证书、奖状和奖章。有一份证书表彰他“在民族解放战争期间代表青年为教育事业做出的无私奉献”，另一份表彰他“为发展和巩固我国社会与文化事业做出的无私贡献”。但还有一份证书叫“军人教师证”。（“它让我想起了当年的日子。小学生们学习阅读、写作和算术时，一边是德国轰炸机的轰鸣，另一边是盟军空中堡垒，远处是炮火，近处是机枪。我们的学生坐在树底下，大腿上搁着板子，手里拿着粉笔，在军人教师的监督下识字、读书、做加法……”）

有一天，我开始翻那些泛黄的证书，发现了一张上面印着国徽的纸，内容只有我的名字，还有我被授予了一个奖章，以表彰我为国家做出的贡献。我坐在那里就想：“我为一个国家做出了足以获授奖章的贡献，却完全不记得自己得过这个奖章，这算是什么国家？”然而，我坐在那里，手里拿着那张纸，突然间，一下子，我对荒废终生的恐惧就烟消云散了。我看了一遍纸上的字，授奖的事肯定是有的，就像发生在昨天一样……

我到萨格勒布时都不知道自己在做什么，但还是穿上了全套正装，领带，什么都有（就是死对头也想不出让我比这更难受的办法）。我踏入的礼堂像是在举行仪式——人们窃窃私语，很期待的样子，没有一个人笑——接着，克罗地亚大学继续教育学院院长走上台，胳膊下面夹着一卷看起来就很重要的纸。“首先，为表彰其为克罗地亚社会主义共和国文教事业的巩固、发展和进步所做出的重大贡献，特颁发证书予……”接着，他念出了我的名字。

公公那一代人真诚地相信自己在建设更美好的未来。他作为一名坚定的反法西斯战士加入了游击队的斗争，而且感觉自己已经赢得了胜利。他曾被投入关押政治不可靠分子的劳改营，那肯定是因为他在公开场合宣称自己绝不同意劳改营的存在。获释后，“信念毫无动摇”的他又开始了“建设更美好的未来”，但等到退休的时候，他已经幻灭了——所以才有了这些书。他在书中历数了那些最终将他信奉的一切摧毁的人的阴暗面，其中有不少软弱的、抵挡不了随大流本能的人正是他的同辈人。将自己知道的一切都写下来后，他马上打开窗户，做了一个深呼吸，查看窗外的废墟。时间倒流，他又回到自己开始的地方。又是战争。又是劳改营和铁丝网。

我在想，到底有没有人读过他要说的话。他盼着的孙子孙女——如果有的话——以后会讲日语。已经听他讲过上千遍的奥尔加更关心什么时候能把墙刷白。多年来，公公已经从受害者变成了加害者，将婆婆变成了告解神母，成天被他用话语轰炸。

我都能想象到公公用怨言刷墙，发出无人想要接收的信号，证明自己存在的意义，长吁短叹，演示自己受到的轻视，一遍遍地历数自己的遭遇，因为幻灭和下贱、肮脏、人性的背叛而激愤。我想象他穿着条纹睡衣站在屋子中央——领口的扣子解开，导尿管从下面伸出来——对着墙壁喷出一团团“神风特攻队”一般的话语，将斑斑血迹抛到身后。

我还想到了戈兰。与他父亲一样，戈兰也保存着自己受到的轻视。毫无疑问，他去日本也拖着它，把它偷运到了国境以外，好像它是一盒珠宝似的。与他的父亲一样，被排斥的经历也玷污（他父亲在某处用到了玷污这个词）了他。抹除——清除——删除——驱逐——开除——封杀——禁止——不能进——不能入——不能干——流放——擦掉——除名……走吧，**你**！

戈兰不再爱我了。这才是我拒绝跟他去日本的原因。它静静地、难以察觉地、没有特别原因就发生了。戈兰尽力了：为了让自己的心活过来，脉搏跳动起来，他把能做的事都做了；他不相信爱会那样溜走。但一点一点地，他曾经对我的感觉被遭到忽视的感觉压倒了。或许我现在也有同样的感觉；或许它当时正在我体内休眠。我们很难发现自己身上的隐患，发现自己的污点，因为它已经进入了我们的血液。

戈兰和公公是用同样的材料制成的。每当取得一次胜利，他就会在心里把它献给他自己的、属于他个人的N城。他的成就越大，那座城就越不理会他。它只关心他的失败。它之所以愿意听他的失败，是因为失败确证了它不曾亏待他。因此，对戈兰和公公来说，这个国家分成了两大对立的、同样激烈的阵营：受害者和加害者。于是，我第一次意识到他们或许有对的地方：或许，这个国家确实除了受害者就是加害者。受害者和加害者会定期调换位置。

如何从过去中解脱出来，我一直在想这个问题……我曾要求我的学生们与过去和解，说这是必要的第一步。我曾给了他们一片没有痛苦的过去，试图保护他们，就像父母保护自己的孩子，孩子保护自己的朋友，就像我的母亲保护我，戈兰的父亲保护戈兰。但是，解脱是没有的；有的只有遗忘。而遗忘来自我们的大脑中都有的神奇小橡皮。我们每个人都拖着自己的壁橱，每个壁橱都有自己的骷髅头。骷髅头迟早会滚下来，不过会披着伪装，以一种让我们舒服的形式滚下来，就像公公书架上的那份证书。过去就是我们的装置，明明是业余的玩意儿，却打着艺术的旗号。这里碰一下，那里碰一下，这里摸一下，那里摸一下，到处碰，到处摸。触碰回味是我们最喜欢的艺术手法。我们每个人都是自己的博物馆馆长。而且，我们不能与过去和解，除非我们能接触到它，除非我们可以像拯救荷兰于洪水的男孩汉斯·布林克尔那样指着它的堤坝。用你的手指指向堤坝。让你的屏幕充满图像。让你的生命不再蒙尘。偶尔做一些改变。摆脱一两件东西。打开A，盖上B。把斑点都去掉。把嘴巴闭上。把舌头当成武器。想的是这样，说的是那样。用浮夸的表现来掩饰自己的意图。掩藏你相信的。相信你掩藏的。

我越来越厌恶这些重复、重演、不断翻新的抱怨和辩护，病毒式传播的苦难，围绕和缠绕着我们的脐带，将我们捆绑起来，成为可怕的、痛苦的、血肉模糊的一团，永远不能脱出——父辈、子辈、孙辈、绞死人和被绞死的人、受害者与加害者、看守与犯人、法官与被告……

我需要空气。我把公公的笔记本扔到地上，穿上外衣，走出了家门。我沿着善德街走了一段，然后进了一家我偶尔会去喝咖啡的酒吧，名叫失踪情人。我到吧台坐下，点了饮品。人们嗡嗡的说话声和人体发出的热量安稳了我的神经。我需要人的温暖肉体来消除撞击太阳穴的疼痛，就像熄灭香烟一样。我身边坐着一个男人。我们聊了几句，喝了几杯，看了几眼，身子相互蹭了蹭：我们要来一次涉及体液混合的小小互惠交易。交易圆满成功：我得到了自己需要的东西——自我羞辱的安慰。疼痛消失了。

苍白的晨光透过窗格，我惺忪的睡眼注意到床边的桌上有一张钞票：那个我还没来得及记住面孔的男人留下了一张一百盾的钞票。我的嘴巴展开了笑容。像荷兰人一样说了句："Snip voor een wip！"一百盾换一炮。我完全忘了自己住的是红灯区！

18

前南斯拉夫问题国际刑事法庭（简称前南法庭）的大楼，让人第一时间想起二十世纪六七十年代的南斯拉夫社会主义建筑：其实际功能远没有光明未来、国际主义和人人享有正义的理想来得重要。它是联合国建筑风格对荷兰低调尺度的妥协。前南法庭大楼的设计意图是为所有人带来家的感觉，包括前南战犯在内。不过，要是后者对朴素的室内装潢感到失望，我也不会感到惊讶。

出示通行证，进行彻底的搜查并将背包存入锁柜之后，伊戈尔和我通过了最后一道检查岗，终于踩着金属阶梯——船上的那一种——下到了审判庭。旁听席分为两个区域，左侧是记者，右侧是一般群众。我们入席时戴上了耳麦。一个小标牌上写明了各个声道提供的语言。第六声道是 CBS，也就是克罗地亚 / 波斯尼亚 / 塞尔维亚语。我们的位子面对着一面被若干卷帘挡住的玻璃墙。左侧和右侧角落悬挂着电视显示器。九点整，卷帘升起，法官走进审判庭，我们站了起来。三名身穿红黑双色法袍的法官落座于正中央的平台，平台下方坐着三名身穿白领黑袍的助理，再下方靠边的位置是检方和辩方律师。因此，我们可以一览无余地看到他们。他们每个人都有自己的电脑。被告坐在辩护律师旁边。他是一名中年男子，身穿灰色正装，双眼无神，土豆身材，举止也没有精神，活像个装土豆的麻袋。我失望了，我想伊戈尔也是。我们期待着看到一名凶犯，结果却是个普通人，长着一张易忘面孔的普通人。只有一处细节除外：他嘴唇下翻，牙关紧闭。他的脸是米洛舍维奇，也是图季曼的翻版——同样的牙关紧闭，倒 U 形的扭曲嘴巴只露出一条小缝。你能在小孩的画里看到这种平面的脸。一张邪恶的脸。

检察官传唤证人上庭。卷帘先是降下，然后又升起，只有挡住证人的那一扇没有升起。证人的样子在电视上看不清，但我们能听见他的声音。每隔一段时间，摄像机会转向旁听席，这时我们就会在电视上看见自己的脸。我们还能看到自己的脸在玻璃墙上的倒影和玻璃墙外众人的脸重叠在一起。

一开始，我们还是透过玻璃墙跟进审判过程，偶尔才看一眼显示屏。但是，我盯着屏幕的时间越来越长，好像我觉得电视影像比审判实况更可靠一样。无论如何，我们听到的话——我们不时会转换声道，听听英语、法语或荷兰语的版本——都是不真实的。被玻璃墙隔开的现实并不比真正的现实更能激发我们的信心：两者——一个编造着谎言，谎言，更多的谎言，另一个承诺着真相，完整的真相，只有真相，没有其他——同样是幻想，如果这个词合适的话。

审讯围绕一家鲤鱼孵化场展开。乌罗什的父亲曾经是一家波斯尼亚小镇鲤鱼孵化场的负责人。他们被问到孵化场主楼屋顶漏水是怎么修的，盖住屋顶的金属板是什么样的，花了多少钱，钱由谁来出，还有卡车和司机的情况，等等。这样无尽的、无聊的、在我们看来毫无意义的细节梳理是为了说明，乌罗什的父亲及两名同犯到底有没有足够的时间离开孵化场，前往附近的一处棚屋，强迫关押在内的本镇穆斯林居民进行羞耻的性游戏——据说他们最喜欢的一种叫父与子——然后用散发着鲤鱼腥味的双手将其打死，尸体抛入鱼塘。

这场戏中的所有被告听起来都像是业余演员：他们用机器人，而不是活人的语气说话，从而将恶变成了刻板的故事情节，最刻板的那一种情节。没有一名被告有最轻微的负罪感。在所有毁灭了南斯拉夫的人——领袖、政客、将军、士兵、恶棍、杀人犯、黑手党、骗子、小偷、流氓——里面，没有一个人愿意站出来说：我有罪。我之前不曾从他们口中听到有罪，我与伊戈尔坐在审判庭上没有听到，我今后也不指望能听到。他们都只是尽职而已。你将钉子敲进墙里会有负罪感吗？不会。你将画挂在钉子上会有负罪感吗？不会。你将一百个人活活打死会有负罪感吗？当然不会。

我想知道，那几十万匿名的人会怎么看。没有他们的狂热支持，战争就不会发生。他们会有负罪感吗？还有那往来穿梭的众多外国政客、外交官、使节和军人，他们呢？他们赢得的不只是丰厚的报酬，还有救世主的荣誉称号，更不用说他们在联合国或其代表的某个科层制机构中的晋升了。（外派克罗地亚和波斯尼亚其实不算艰苦：酒店服务好，菜品美味，亚得里亚海近在眼前。）他们会有负罪感吗？他们同样只是在履行职责。就像藏在山上，击毙萨拉热窝街头的那个女人的狙击手一样。就像拍下她的照片，斩获年度战地摄影大奖的外国摄影师一样（不过，他从来没想到要去叫救护车）。就连这可怜的女人，身体在人行道上抽搐，鲜血从体内涌出，就连她也在履行着忠实呈现战争的职责，尽管她自己并没有意识到。谁害死了塞利姆的父亲？谁害死了我们的乌罗什？谁将我和伊戈尔钉在座位上，渴望着赎罪？

我们，伊戈尔和我，竟在那里看电视！这幅景象中是变态的现实，同样变态的我们每一个人都是共谋。在某种意义上，坐在那里紧盯着电视屏幕的我，和玻璃墙后像粘在椅子上似的乌罗什之父并无分别。在这样一个媒体化——而且是许多次的媒体化——的世界里，每个人都是有罪的。罪行不是真实的。一切都不是真实的。我感觉只要点一下鼠标就能摆脱法官，摆脱被告，摆脱作为旁观者的我们。只要一下美好的、带来和解的删除。只有一件事是真实的：疼痛。疼痛是无言的，无用的，却唯一真实的证人。那奔涌于塞利姆血管之中，通过太阳穴表露出来的疼痛。那单调地重击着我的疼痛。还有伊戈尔。那失聪的、麻木的、盲目的、突然令我们感到不安，表明有些事情错得离谱的疼痛。

于是，我面对着玻璃墙坐着，默想着……如果那疼痛一下子都灌进一个头脑像奥斯卡·马策拉特一般脆弱的人，他站着张大嘴巴，发出一声尖叫，那会发生什么？我想象玻璃墙会粉碎成成千上万个小亮片，电脑屏幕、灯、眼镜、瓷牙套——全都变成碎屑；我想象那尖利的、撕破耳膜的声音让那些浑身鲜血的杀人犯的头颅全都飞上天，让他们坚硬的耳膜和冷酷的心脏统统爆裂……

我瞥了一眼伊戈尔。他感觉到我在看他的脸，于是转过头，投来疑惑的目光。我摘下了他的耳机。

“咱们走吧。”我说。

19

走出审判庭就像离开一场你不确定死者是谁的葬礼。

“去哪儿？”

“回家，”我说，“阿姆斯特丹。”

我们乘上了火车。前南法庭之行有点失望：我们想来看的是乌罗什的父亲马上被宣判，结果却空手而归。

“海牙不是纽伦堡。”伊戈尔说道。他在揣测我的心思。

“那是当然。”

“一点也不像艾希曼在耶路撒冷受审。”

“你说得够明白了。”我哼了一声说。

“嘿，你怎么回事？脾气干吗这么暴？”

“因为你不应该藐视司法机关。”

“la-di-da！你听听！司法机关。我都不知道你还挺浪漫啊，同志。”

“好吧，我也不知道你这么愤世嫉俗，而且是在这么不妥当的场合。”

“好啦，好啦。放松点。”

“你看，那些人在擦我们拉的屎。因为我们觉得屎不用自己擦。因为我们甚至都不觉得屎臭。但这不是美国电影，所以我们没有看到我们想看的东西：乌罗什上绞架。”

“他们甚至可能放他走呢。”他说。

“为了审判，这是值得的。”

“走了那么多程序，就为了一个恶棍？”

“你管他呢？事又不归你管，不是吗？”

“好啦。放松，放松，”他嘟囔着说，“我又不是卡拉季奇，对吧？我也不是姆拉吉奇。”

“那些人在努力帮我们，而我们只是站在一边看着，像白痴一样傻笑！你和我——我们连坐满几个小时的耐心都没有。”

“可那是审判庭啊，又不是教堂。”

“把它想成是教堂对我们没坏处。拿出谦卑心，参加完全程。”

“哎呀，想走的人又不是我。”

我脸红了。他说得对。我想要捶他一拳。他给了我一个尖锐的眼神。我能感到他在读我的心。电车上的人都往我们的方向看。

就在那时，电车停了，伊戈尔把我从座位上拽了起来。

“来，走吧。”

“你下车做什么？”我在街道上抗议道。

“首先，你说话太大声，让我尴尬。不过，我也想带你见见我的姑娘。”

“你在海牙有个姑娘？”我说道，活像个克罗地亚语班上的外国学生。

“干吗大惊小怪？”他答道，“就跟说‘我在别洛瓦尔有姑娘’一样的嘛。”

我突然涌起一阵愤怒，就像喉咙里卡了个丸子。我试着做了好几次深呼吸。

“你可别爆我太多的料啊。”他开玩笑似的说。

我把那个看不见的丸子吐了出去，总算能喘气了。

伊戈尔在莫瑞泰斯皇家美术馆前停下脚步。

“又带我去美术馆？”

“我的姑娘在这里工作。”他说。

我们快步走上铺着厚厚的红地毯的木楼梯。走到楼梯顶上，伊戈尔向左转身，最近的展厅门边墙上挂着维米尔的名画《戴珍珠耳环的少女》。

“你的女孩就是她啊！”

“是呀，”他用英语说，“她就是我的姑娘。”

我知道这幅画——我以前来过莫瑞泰斯——但我没让他知道。它夺走了我的呼吸。原作看起来和无数色彩淡雅的复制品差不多。第一次看到它时，我惊讶于女孩围巾的蓝色和衣服的金色竟是那么淡，比复制品里还要淡得多。

“你长得有点像她。”他小心地说道。

“我早就不气了。你也拿到A了。你用不着恭维我。”

“你就跟她姐似的。我是说真的。是表情。它让我想起了人鱼。”

“你真敢讲！你见过人鱼啊？”

“只在画里见过。”他说了真话。

“好吧，我是见过的。我小的时候，南斯拉夫的小学都组织去波斯托伊纳水洞一日游。”

“哦？什么样？”

“洞里好像有活物。独一无二的活物。”

“我算知道什么叫事无巨细了。”

“好吧。学名洞螈，俗称人鱼。体长十至二十五厘米。它是一种被淘汰的两栖类生物，是独一无二的失败变形产物。主要呼吸器官是腮，但也能用皮肤呼吸。它没有视力，尽管有类似四肢的器官，但似乎已经弃之不用：腿只是残肢，手有三根指头。它似乎能在不进食的情况下存活数年，预期寿命特别长——有一百年乃至更长。它身上没有色素，皮肤是浅浅的乳白色，通体透明。你能看见略带血色的腮，极细的血管布满全身，还有一颗小小的心脏。简言之，它是失败的突变体，介于蜥蜴、鱼和人类胚胎之间。人鱼是我们南斯拉夫的奇迹。我们应该把它放在国旗上，而不是红五角星。它就是我们的E.T.。”

“挺厉害啊，同志。”他用英语说道。

“还不止这样呢。我觉得它在幼体阶段就能繁殖，不过我也不敢确定。”

“你怎么想起来这些的？”

“我完全不知道。对了，还有一件事……”

“什么事？”

“人鱼是食人族。出于某种原因，它有时会吃掉自己的幼崽。”

“好，好，”伊戈尔说道，不过他的心思已经去了别处，“说到底，我还是对的。”

“你什么意思？”

“我的女孩就是洞里独一无二的样本，别处都没有。”

“多给我讲讲。”

“我最喜欢她的肤色。钟乳石的颜色。”

“你说的是石笋吧？”

“去你的！”

“不过我喜欢你对她的描述。接着讲吧。”

“她的皮肤感觉脱过水似的，但摸上去又是湿的。我喜欢她柔顺无助的表情。嘴半张着，嘴唇涂着一层亮晶晶的干膜，嘴的一边有一点口水。她的注视像是露水要滴下，几乎看不见的泪珠马上就要落下。眼睛里有一种神奇的矛盾性，感觉既不在这里，又总在这里。你看：它们似乎在随着你动。还有托着纤细脖颈的白色领子。一张甜美的小脸，她迫不及待地要投入一双温暖关切的手——或者放到断头台上……她还有未尽的地方。这方面也和人鱼相像。看到了吗？她没有眉毛。我的姑娘是美丽的幼体，在等待着变形。”

之前站在我身后的伊戈尔抓住我的肩膀，慢慢把我朝画面推。

“你仔细看看她耳朵上的耳环。”他说。

“好……”

“你看到了什么？”

“没什么。就珍珠。”

我在玻璃保护罩上能看到自己的倒影。伊戈尔依然按着我的肩膀。

“再仔细看。”

“我什么都看不见。”

“我以前也这样以为。等一下，我带了放大镜。”

“你有放大镜？”

“是啊，我兜里恰好带了一支。”

“你兜里恰好还有什么？”

“不关你的事，”他说，“透过它看画就得了。”

“我看见了珍珠……”

“珍珠里呢？”

“影子。”

“我的妈呀，你眼真瞎！再看。”

“我不明白。从类型来看，可能是表现死亡吧。”

“不开窍，不开窍啊你。珍珠里有维米尔的脸！”

他兴奋极了。

“你怎么这么想？”

“你是说你还没看见？”

“没啊。你就承认吧。全是你自己编的。”

“难道不神奇吗？”

“就算假设有，会不会是当时的惯例？”

“画家，她的创造者，在她耳朵上的珍珠里！”他接着说道。

“有人说画中的女孩是维米尔的女儿玛利亚，如果是这样，它确实可以看成是对DNA的最早的象征性描绘。”我说。

“那就更神奇了！父亲与女儿合为一体。”伊戈尔说。

“不过，也有人说它是另一个人的肖像，或者是习作。伦勃朗也画过披围巾的人。这家美术馆就有一幅。”我说。

“说她是他女儿的人是对的。”

“果真如此，你的小姑娘可就把她家老爷子戴在耳朵上了。”我打趣道。

“告诉我，”他突兀地来了句，“你的耳朵上戴着谁？”

“我不知道。就像她不知道耳朵上戴着她的创造者，据说是她父亲的人的形象一样。不过，我们也不知道啊。又不是人人成天身上都带着放大镜。”

“夏洛克·福尔摩斯就带。”

我的肩膀能感到他的手的重量，我的脖颈能感到他轻柔、温暖的呼吸。我打了个激灵，小心地挪走他的手，转身面对他。

“你呢？”我问道，“你的刺青呢？”

“我没有刺青。”他答道。

“乌罗什就有。”

“乌罗什？”

“那个，其实是烙印，他父亲留下的污名。”

“那个男的是杀人犯，不是父亲。”

“你还记得我第一堂课发的问卷吗？”

“记得，我记得那个蠢问卷。”重读放在蠢上。

“哦。对于课程预期收获的问题，他的回答是回去。”

“我听着有点老气。但乌罗什吧，我怎么说呢，他不是工棚里最锋利的工具。”

“你想表达什么意思？”

“他不算太聪明。”

“这么说不好。”

“抱歉。”

“乌罗什发出了许多求救信号。我们都没注意到，或者说懒得去注意。全是我的错。”

“你现在良心不安了，对吗？”

“那些玩具箱……它们包含着一条信息，一条我们不曾破解的信息。它就在我们面前，空气中有各种信号，我们都视而不见。它就像你以为的维米尔图像一样。假如我们兜里都揣着放大镜，或者我们都有童话人物的天赋，能听懂动物和植物的语言，哪怕只是能听懂人的语言，真正明白人们怎么说话也好，那么，世界或许会是另一番景象。”

“别想了，同志，”伊戈尔说，“人不会说话，只会放屁。不过，现在也差不多了。快闭馆了，咱们走吧。我给你买杯热巧喝吧？”

伊戈尔和我是最后离馆的人，不过，我还是在美术馆的书店里买了一个纪念品：椭圆形的玻璃镇纸。玻璃底部的图案是伊戈尔的姑娘。

走出美术馆时，天下起了小雪。我们穿过小广场，走进一家咖啡厅，靠窗坐下后点了热巧。我一讲起乌罗什的死就停不下来了。

“扳机可能是我扣下的。”我说。

“什么扳机？”他马上反问道。

“我是说，我可能要为乌罗什的死负责。他向我发出了信号，而我没能读懂。”

“简直是胡扯！”伊戈尔说，“你别再浪漫化乌罗什的死了。有什么意义？你会好受些吗？天知道他为什么自杀。他可能是脑子疯掉了。他可能是走累了，就跳车了。那可能只是他说再见的方式，cheerio，ta-ta，tot ziens，adios①，去你们的吧……告诉我，你为什么偏偏挑我来念叨这些？”

“因为我没有别人可以念叨。”

“振作点，行不行？眼泪会糟蹋你的热巧的。”

“我不念叨了。我保证不念叨了。”

“我真想知道自己是掉到哪部电影里去了——本周电影？也没准是丹尼尔·斯蒂尔的小说。”

我擦掉了眼泪。

“好样的！我还怕你会变成——乌贼呢。”

我被逗笑了，笑声带来了片刻的慰藉。

“讲讲你自己吧。”我谨慎地说。

“你想听什么？”

“你的生活。你父母还活着吗？你住在哪里？跟谁

① 分别是英语、英语、荷兰语、西班牙语里的“再见”。

住？你找到姑娘了吗？你朋友都有谁？”

“你啊，你的蠢问卷！好了，我知道你想干什么，别担心。首先，我绝不会为了今天下午看到的那种恶棍自杀。但更重要的是，我就不是那种会自杀的人。我是个玩家。我清楚得很。”

回阿姆斯特丹的火车上，我们没有多说话。我们都沉浸在自己的事情中：伊戈尔看荷兰报纸；我打开了镇纸的包装，反复地抚摸这块椭圆形的玻璃，心里想着妈妈放在瓷器柜里的照片。里面没有我爸的照片。我记不得爸爸了。我记不得。他自杀时，我才三岁。妈妈从不讲他的事。她把自己的桥烧了，也不准备为了我去重建。我不仅对他一无所知，我连他姓什么都不知道：妈妈让我随她的姓，进一步抹除了他的痕迹。难怪她的瓷器柜照片展里毫无他的踪迹。她完全确定的是，通过将父亲从我的生活中排除，她挽救了我。至于从什么中挽救了我——只有她才说得出。她尽可能地堵上了一切我可能从中穿过的裂缝，去除了一切我可能抓住的话头。她料理了我过去的大半生，占满了父亲的位置，也占满了她自己的位置。

我耳朵上那颗看不见的珍珠是空的。我用余光在它浑浊的表面上寻找神奇的图像。图像中的场景从幽深沉重的黑暗中进入我的记忆，我说不清那是不是真事，或者图中的男人是不是我的父亲，但他有可能是的。我三岁大，男人让我骑在他背上，揪他的头发。他抓着我的鞋，好像它们是围巾的末端。我们走过厚厚的积雪。天刚蒙蒙亮，万物都闪耀着神奇的光。突然间，男人的双手伸向我的肩膀，缓缓地掉进了雪中。我开心得要疯了……

“你在抓耳朵。”正看报纸的伊戈尔抬头说道。

“是吗？”

“你想什么呢，聊一毛钱的？”

“唉，我不知道……我什么都没想，真的。”

我们在火车站分开了。我回头看着他。只见他瘦高的个子，双肩包压得他微微驼背，双手插兜。天黑了，飘着细小的雪花，他的背影显得结实一些，更像成年人一些。

“周一课上见。”我喊道。

他没有回头答话，只是缓缓地抬起一只胳膊，表示他听见了。

20

伊内丝和塞斯终于请我做客了。说实话，我和伊内丝并不是特别熟。阿姆斯特丹这档子事基本属于撞大运。我们有一位共同的柏林人朋友恰好在阿姆斯特丹，恰好碰到了伊内丝，正聊熟人们都住在哪里，在做什么的时候，他把我的地址给了伊内丝。她和我做过一段时间同学，搞过几次四人约会。她带着弗拉杰克，我带着戈兰。她和弗拉杰克从小上学就认识，读本科时结了婚。刚毕业，他们就离开了萨格勒布。有传言说他们去阿姆斯特丹了。弗拉杰克之前靠卖克罗地亚素人画家的作品赚钱读完了大学，业务主要在意大利。现在，他在阿姆斯特丹开了一家画廊。

我本来指望刚到阿姆斯特丹时，伊内丝就会请我过去。我给她打了几次约见的电话，但她总是有礼貌的借口：她太忙了，她要看孩子，不过“我们会见面的，就我们俩，像以前一行好好聊聊，怎么样？”我努力回想我俩当初到底有没有过不带戈兰和弗拉杰克单独见面的时候。

伊内丝是典型的萨格勒布人。她富有魅力，特别注重自己：她有她的美容师（“你真该去见见她。做完你都认不出自己的！”）、她的理发师、她的牙医、她的裁缝。她的衣服全在伦敦买（“乡巴佬才去的里雅斯特！”）她认识的人都是她的人，从签证处的女工作人员（“维奇卡五分钟就把咱们的签证弄好！”）到医生和理发师，再到肉铺老板和清洁女工（“米尔卡是顶级的好，特别会擦窗户，熨衣服谁都比不了。她随叫随到。”）她与周遭世界的亲近，她让世界完全服从于她的意志的能力，她在人群中的自在自如——仿佛人群是黄油，她是餐刀——她毫不关心想法与自己不同的人，行事雷厉风行，好像身居高位似的。她从本科起就过着这样的成人生活。这一切既让我反感，又吸引着我。她有萨格勒布女孩的品质：这种女性气质可能是母亲遗传的，也可能是因为她进入了特权阶级，学会了忸怩——说话略带鼻音，sh和ch音调比较高，喜欢重读末尾音节，语气里带着恭维，专门要显示自己和对话者是一伙儿的，不管那人是谁。不过，就算她的声音里有再多的同情和理解，她从来不做出承诺。

我倒不是急着见她，只是我来阿姆斯特丹已经有好几个月了，她从没给我打过电话，这让我有一点难受。这是我多年来头一次化妆，我还戴上了耳环，穿上了高跟鞋。我沿着花街找她家，为自己非要盛装打扮见她的欲望感到有些羞耻。我想要她看到最好的我，妆容是为了掩盖实情。

伊内丝一点都没变。她在门口把面颊凑过来让我亲，挽着我的胳膊，把我领进了家里，一路上叨叨个不停（“塔尼卡——！[1] 转个圈让我好好看看你！哎呀，你真是太美了！像是十五岁的小姑娘！还有这身裙子！你从哪里买的？我还是有需要的东西就马上去伦敦买。你真该看看塞斯生气的样子！‘这边有什么买不到啊！’他说。唉，你就是买不到啊。他们倒是在 P.C. 霍夫特街搞了一条短得可悲的精品街，他们倒是尽力了，不过从百货商场来看，女王店比咱们的 NaMa 强不了多少……天啊！你还记得 NaMa 吗？怎么搞的，维罗维蒂察的哪个女生穿得都比普通荷兰女人强。你也注意到了吧。你肯定注意到了。”）

任谁都会以为我和伊内丝是久别重逢的老友，而她滔滔不绝的劲头让我也这样相信了。我感觉是自己忙于工作，忽视了朋友。

坐下吃饭之前，伊内丝带我在她家里转了一圈。她首先给我看了孩子的房间。（“孩子跟塞斯的母亲住。皮特刚七岁，马赖克三岁。这是他们的照片。皮特和马赖卡，马

---

① 塔尼卡是塔尼娅的昵称。“卡”在斯拉夫语言中常代表昵称，包括前几段里的维奇卡和米尔卡。

赖卡是我起的小名。”）房子宽敞，装潢朴素，不过墙上挂满了克罗地亚素人画家的作品（“我想要一点让我想起故乡的东西，”她注意到我在看画，于是说道，“一点让荷兰人明白我们不是乞丐的东西，你知道我什么意思吧？”）看到书架上摆着的克罗地亚现代文学大师的作品时，我的眼神一亮：克尔莱扎、乌耶维奇、马托什的合集（“我睡前喜欢读一首乌耶维奇的诗。你不读吗？不过你读的比我多多了，我肯定。你都想象不到孩子有多累人！”）。厨房窗户的窗帘是斯洛文尼亚蕾丝材质的，窗台上有一个小木架，架上放着心形姜饼，还有包装成克罗地亚护照样式的克拉申牌巧克力，那是我送给她家的礼物。

“他就那么消失了？”她在厨房里忸怩地问我。

“你说谁？”

“戈兰呀，当然是。”

“他没有消失。他在日本。”

“还联系吗？”

“没。”

“谁猜得到！你俩是模范夫妻啊！怎么就发生了！”

“它就是发生了。”

“你跟米洛舍维奇在一块多好啊。”她打趣道。

我没有回答。她竟然还记得戈兰的官方登记民族是塞尔维亚族，我惊讶了。

“哈哈，别介意！我开玩笑呢。我能看穿你，大龄小姑娘。你把他锁在心里。他说你们永不分离。但他现在享受着自由，你却丢了钥匙。”

我不由自主地对着旧剪贴簿上的诗句微笑。突然间，紧张气氛消失了。

“要是你和我一样嫁了个克罗地亚人，分手肯定没这么难受，”她说，“你现在肯定已经二婚了。”

“错过机会了啊。”

“我们刚到阿姆斯特丹，弗拉杰克就放飞自我了。他迷上了草什么的。痴迷那种。”她说草像是对暗号似的，而且压低了声音，仿佛怕父母听见。

“弗拉杰克人呢？”

“连警察都不知道。但我才不管呢。他不再是我的麻烦了……好了，咱们吃饭吧。”

塞斯的克罗地亚语说得很好。（“看见我的训练成果没？我厉害吧！不过，其实是他丈母娘的功劳，对不对，塞斯？对了，你家人怎么样？我都不知道你回去家里还有谁……”）我在的时候，伊内丝嘴说个不停。作为完美的女主人，她摆出了最好的银餐具（“我是专门为你摆的，帮你回忆我们过去的生活：这是我祖母传下来的。”）、我们的葡萄酒、我们的橄榄油（“我们每年夏天都回老家。

我们在科尔丘拉岛有一间不错的小屋。你哪天一定得过去看看。我们每次都是满载而归，就像吉卜赛人似的。葡萄酒、橄榄油、火腿，你能想到的都有。塞斯特别喜欢那边。孩子们也喜欢。对我来说，孩子会讲克罗地亚语很重要。当然，对我妈也很重要。她每年都和外孙一起住整整两个月。”）。她滔滔不绝地说着海岸、孩子、她的母亲、塞斯的荷兰人母亲。我几乎插不上话。

换一个场合的话，我可能会觉得厌烦，但那个晚上她说的话让我感觉放松。忸怩的鼻音就像疗伤的软膏。这是多年来我的生活第一次显得正常。时间本身似乎被治愈了，缝的针被拆掉了。我总算站在了坚实的地面上，沐浴在伊内丝温暖舒适的话语中。有那么一秒钟，我还以为我们都在萨格勒布。当然，我们岁数都大了一点，而且弗拉杰克换成了塞斯，但戈兰很快就会回来的。他只是出去买酒了……

“你一定要尝尝我的罂粟籽蛋糕。我专门给你烤的。感谢奥匈帝国。要是没有它，我们都不知道什么是真正的糕点，你懂我。罂粟籽也要从萨格勒布带回来。这边找不到，就连——该怎么叫他们合适呢——突厥人（Turks）也没有。”她显然希望我听懂她略带种族歧视色彩的称呼，然后赞许地眨眨眼。

“布雷克饼，巴克拉瓦点心，罂粟籽面条。”我唱道。

“你和你的思南病啊。”她抱怨了一句。我被这句评论惊到了，好像之前是我在不停念叨南斯拉夫似的。

喝咖啡的时候，伊内丝就开始用复数人称代词了。

“我们很高兴能帮到你。互帮互助太难得了。你在我们班从来都是第一，于是我就跟塞斯讲，我说啊，你应该请塔尼娅来。我们听说了不少你学生的事。还有那个男孩。真可怕！”

我再次被惊到了。我感觉闲谈的方向要变了。

“那个男孩叫乌罗什。”我说。

“每一代都有自杀的人。”她说。

“你什么意思？”

“我们上大学时就有一个，记得吗？他叫什么来着？”

“内纳德。”

“没错。去了趟印度，回来就自我了断了。他父亲是将军。我觉得跟毒品有关。天啊！还记得那些去印度朝圣的人吗？不过，你和我，我们从没有迷上脉轮啊，经书啊那些玩意儿，对吧？”

“你了解到那个学生的什么情况没有？”塞斯打断了伊内丝的话，我很感激他。

我把知道的事情都告诉了他。

“我有点事情不得不告诉你，”他说，“不过，我收到了一些学生对你的投诉。”

他的话是对我心口的一记重击。

“什么样的投诉？”

“学生认为教师不称职时有权利投诉，我们也必须严肃处理。长话短说，有学生不喜欢你的授课方式。”

“不是真的吧。”我好不容易说道。

“恐怕是真的。”

“他们都抱怨什么了？”

“他们说你不务正业，上课是浪费时间。”

“他们这么说？”

“他们说你没有清晰的课程安排，课堂混乱不堪。他们不仅和你一块去咖啡馆，而且是你要求的。”

“谁说的？”

“我不能告诉你。”塞斯平静地说。

“你总不能说每个人都投诉了吧！”

塞斯没有回答。

伊内丝试着安慰我。她说我闭目塞听，我拒绝看到情况已经变了。在荷兰，人们不会站队，但他们能明白一加一等于二，不是吗？她说我心太大了，与学生太亲近了。“你知道那句老话：晚上陪娃睡，早起一身骚。”早起一身骚和她说这句话的口气让我对她产生了生理的反感。

她告诉我，一项提案已经上交荷兰教育部，塞斯亲自起草的提案，建议所有荷兰大学将克罗地亚语和塞尔维亚语分开；毕竟，这件事“早就该干了，考虑到既成的政治现实”。如果塞斯的提案通过，那么从明年秋季开始，克罗地亚语言与文学专业将由阿姆斯特丹大学开设，塞尔维亚语言与文学专业将有格罗宁根大学开设。这个安排是有道理的，因为格罗宁根已经有保加利亚语专业了。这就意味着，我来年九月有机会获得全职工作。他们没有其他的人选，一个都没有。她干不了，有孩子的原因，也因为荷兰规定夫妻不能在同系任职，特别是夫妻中有一方是系主任的情况下。再说了，她的博士论文从来没有用心写完。她说我应该为自己想想，毕竟人无再少年，而且我肯定不想回萨格勒布，不是吗？我在那边永远也找不到工作。我知道我们的人是什么样的。出了国就再也别回来。他们也有自己的道理。“再大的屁股也坐不了俩凳子，只能坐个屁股蹲儿。”没错，屁股。这是她的原话，我再一次对她产生了恶心。塞斯很喜欢我，但塞斯一个人做不了主。学生们对民族界限很敏感，比我意识到的要敏感得多。她惊讶于我竟如此天真，对现实状况，对“政治现实”如此视而不见。然后还有那个可怜的、自杀的塞尔维亚小伙的事，没错，就是乌罗什。哪怕孩子们以为已经逃过了劫难，但是，看看那些像狗一样紧跟着的可怕事物吧……

“我们请你来不是开心理治疗班的。”塞斯说。

“我不是开心理班的！你知道他们的教育层次差别有多大。我的课程必须让他们都有共鸣才行。他们拥有的一切都被夺走了，你看不见吗？我怎么能逼着刚从人间地狱逃出来的人学文艺复兴的喜剧啊？”

“你拥有的一切不也被夺走了吗？”她咯咯笑道，“当然夺走了。谢天谢地，南斯拉夫已经不在了！”

“你没学过心理治疗，你拿的钱也不是治疗费。我们国家有负责那方面的专家。他们叫心理医生。你的任务就是完成我们请你做的事情。我们出钱请你做的事。”

“听塞斯的话吧，亲爱的。他打心里为了你好。”

“你给他们都打了不合理的高分。系里的人都注意到了。你总不能说他们都是优等生吧？”

“他们就是。”我嘟囔道。

“这就是你。大心塔尼娅！她总是心那么大，塞斯。我记得有一次我夸她的胸针好看，她就拿下来送给我。”

我不记得有这种事。到底是她编的，还是我忘了？

“好吧，你也看到高分收买不来好评了。你的学生坚持要有课程大纲。我觉得你低估他们了。他们对学业是认真的，我也为此感到高兴。”

“听塞斯的话吧，亲爱的。他知道自己在说什么。”她又忸怩起来了，好像在跟一个小孩子讲话。

“我没有收买他们！你怎么看不到他们正在疗伤呢？我们都在疗伤！我对他们做的事比任何课程大纲都重要，我毫不怀疑。”但是，我说话的时候就知道自己是在对着空气发声。

塞斯耸了耸肩。

“如果他们觉得那更重要，为什么要投诉没大纲呢？”

在塞斯看来，我的观点只是没有履行授业职责的薄弱借口。我喉咙里有东西在涌动，我抽抽搭搭地哭了。我感觉被所有人背叛了：学生们背叛了我，我也背叛了自己，因为我在塞斯和伊内丝面前哭了。我不能相信，我就是不能相信竟会有一个学生向塞斯打小报告。也许不止一个？塞斯说的是们。会不会全班都去找他了？我感觉被羞辱，被抛弃，痛苦而愤怒。我不知道自己为什么哭，但眼泪就是止不住。我惊恐极了——看起来可能有点奇怪——以至于想的不是马上离开，而是蜷起身子，躺在塞斯家的沙发上过夜。一想到要回地下室公寓，我就满是绝望。

出于真心的关切，伊内丝马上打电话叫了辆出租车。她是把出租车当救护车叫的。（“看你这个样子，我可不能让你拖着身子倒电车！”）车到的时候，塞斯伸出了手。

“我希望我已经把话说明白了，”他尴尬地说，“下周系里见。”

伊内丝把面颊迎了上来。

“一切都会好的，”她忸怩地说道，“相信我。塔尼卡。照塞斯说的做吧。你知道我们是爱你的，都是为了你好。”

我出门时，她把一个小袋塞进我手里。

“我给你切了一块罂粟籽蛋糕，明天早晨吃。”

出租车开走时，她给我飞了一个吻，然后就进屋了。

第二天早晨，我发现左手手背上有一条长长的伤痕，皮都红了，而且相当深。我开始是一阵害怕，不知道它是怎么来的。不过，我后来模糊地记起自己在扶手椅上坐了一会儿，把手放在暖气片上来回划。我在想，我到底烤了多久才会留下这样的伤。

21

我停在门前。放在两周前，我会活力满满地冲进门去，现在却连跨过门槛的力气都没有。深吸一口气，我把公文包像盾牌一样紧紧抓住，走了进去。

“你好呀，同志！萨格勒布怎么样？”

“说好的巧克力，带来了吗？”

“你回来真好。我们都盼着你呢。”

大声问候中透着一股真挚，我差点儿失去平衡。我不知道该说什么，于是等对方说完，把周末赶制的课程大纲递了过去。大纲上列出了本学期的授课主题，附有日期和内容梗概。接着是必读书目，每周大约有两百页。我告诉学生，我会严格按照进度授课，每次上课前的相关文本也必须读完。这门课要写两篇作业，期末考试采取口试形式。我不会再容忍缺勤了，出勤率会反映在期末分数上。

“这课是怎么了？”梅丽哈一边笑一边喊，“新政权上台了？”

我选择了无视。

“要是图书馆只有一本，我们怎么能都读完呢？”马里奥浏览书目时抗议道。

“要么一块看，要么自己影印，”我说，“我周末把书单上的前几本都影印出来了，可是花了不少时间。”

“这些书图书馆里都有吗？”塞利姆问道。

“书单上的都有，没有我也不会列进来。”

我也给了塞斯一份阅读书目。

“一周两百页？是不是有点太多了？”

“一点也不多。美国学生一周要读四百页。再说这是你们自己要求的，对吧？”关于美国学生的这件事我是从某个地方读来的，似乎起到了预期效果。塞斯只是耸了耸肩。

授课内容是简要比较斯洛文尼亚、克罗地亚、波斯尼亚、塞尔维亚和马其顿的文学发展史，会涉及很多知识点、人名和时间。最后几堂课是克罗地亚小说专题解读。

不可置信的表情在学生们脸上挂了许久。他们试图把我的做法理解成心血来潮，希望过不了多久便会恢复原样。我一直在端详他们的脸，想找出告发我的那个人。我有时候觉得是梅丽哈，过了一会儿又觉得是奈维娜，或者伊戈尔，波班……到底是一个人单独告发，还是两个人合伙，我绞尽脑汁地在想。我脑子里浮现出梅丽哈跟伊戈尔两个人定期向塞斯报告课堂情况的样子，或者塞利姆跑去找塞斯，说这门课简直是不可理喻，一个被本国公民以历史必然性为由消灭的国家竟然在这里复活了。约翰内克呢？安娜呢？会不会是她们？

上完课我马上就走，从来不去办公室，尽可能不跟学生接触。渐渐地，不可置信变成了困惑，困惑最后又变成了失望。然而，下课后他们还是会等我请他们喝咖啡。梅丽哈试过一次，接着是奈维娜。

“同志，一块喝个 kopje koffie 吧，我们请客。”

“谢谢，我现在很忙。”我两次都是这么说。

我看见他们在系里对面的咖啡厅里，正专心致志地谈话。系领导正在开会。我知道他们在谈我的事。“贱人。卢齐奇现在是个真贱人。”我能想象到那个告密者坐在中间，皱着眉头，嘴唇紧闭。我在想谁会第一个弃课。伊戈尔？安特？奈维娜？

我只有一次没控制住。我布置他们背乌耶维奇的《每日哀歌》，从头背到尾，从尾背到头。这招很蠢，是我从一个克罗地亚诗歌教授那里学来的，这个人就是喜欢用类似的作业折磨我们，我们都恨透他了。我记得当时在心里发誓，以后绝不这么祸害自己的学生。

奈维娜正着背，反着背都不干。我就让她大声朗读，她胡乱念了一通。我又让她反过来念，这次她只是怅然若失地站在那里。痛苦的羞辱。最后，伊戈尔挺身而出，漂亮地帮她解了围。

“谢谢你，伊戈尔，”我说道，“奈维娜，你什么时候吃透这首诗，什么时候再回来上课。”

奈维娜收拾好东西，从牙缝里说了句：“贱人！”然后大步走出教室。我记得她摔门的时候哭了。我为她感到难过，但已经晚了。我也是骑虎难下。

我能感觉到不满情绪在滋长。每次进教室都能感觉到，情绪几乎有了实体，室内温度好像都变低了。有的时候，它似乎充满了整个房间，都要溢出去了，窗子都咯噔咯噔响。然而，他们没有说一句话。我一直在想：他们什么时候会揭竿而起呢？至少会有人站到我面前，质问我所欲何为吧？但是，他们没有说一句话。只有伊戈尔似乎不为所动。他直勾勾地盯着我，好像看穿了我的灵魂。他脖子上一直挂着耳机，不时会戴上听歌。

“把随身听给我关了，伊戈尔。这是上课，不是摇滚音乐会。”

“音乐会上我才不用随身听。”

“你能听见我说话吗，你……”

"没事，你讲你的，我听我的，不妨碍。"

"走着瞧，"我说，"看考试的时候。"

太折磨人了。我一直在说并非我本意的话。我恨我自己。我坚持这样做，是因为一个想法缠绕着我：他们中间有一个人去找了塞斯，把上学期的课堂情况和盘托出。

然而，随着"新政权"按部就班步入正轨，我的恨意也渐渐消退，真正的授课开始让我感到了快乐。学生们也有回应。梅丽哈很用功，伊戈尔次次都来，安娜把我说的每一句话都记了下来，而约翰内克积极得有点过头，我一度以为她就是告密分子。但是，此时课堂人也少了，只剩下他们几个：奈维娜再也没回来，马里奥、塞利姆、波班、达尔科一个个也都不来了。

文学史之旅颇为顺遂。穿行于时代、流派、作者、作品之间产生了一种麻醉效果。课程最后的主题是回归。回归还是留下，他们都不知道。但是，他们都感觉自己在这里是暂时的，同时精力都集中到了搞定证件上。他们以为，一旦拿到证件就可以下决心了。祖国仍然在他们心底某处闪着光，或许是出口灯箱的光吧。

现在我又在收拾学生们的手提箱了，跟上个学期只有一个区别：里面没有走私品了。我在帮他们熟悉自己的文学大家庭，他们的先辈。我选取的文本起到了英雄传的角色，只不过传主是虚构的。叙事多从第三人称开始，以第一人称结束，比如主角的日记或致友人的信。虽然这些主角都是土生土长，他们全都与少年维特和恰尔德·哈洛尔德有着某种家族相似，克罗地亚作品里尤甚。更不消说评论家所谓的俄国多余人形象了，比如格里博耶多夫的查特斯基、普希金的叶甫盖尼·奥涅金、莱蒙托夫的毕巧林、屠格涅夫的罗亭和拉弗列茨基，基尔萨诺夫和巴扎罗夫、冈察洛夫的奥勃洛摩夫、契诃夫的伊凡诺夫，还有奥列夏的卡瓦列罗夫。女性人物主要分三类：漂亮的爱国女青年，一般会被主角抛弃；荡妇，嘲笑主角却也让主角兴奋；还有沉默的女烈士，忠实地陪伴着主角直到最后。

这些主角像是一个模子里刻出来的，实在让我惊讶。我感觉自己不是在读文学，而是在读基因图谱，就像发现了某种你朦胧有印象，却从来没当回事的东西，比如祖孙三代都在同样的地方长着一颗痣。我经常有一种感觉，自己在看一部播了一个多世纪的肥皂剧（不过，我在公开场合是绝不会承认的）。

我们读了两部主角最后发了疯的小说：K. Š. 伽尔斯基的《扬科·鲍里斯拉维奇》和《拉得米洛维奇》；我们读了三部主角都自杀了的小说：维因赛斯拉夫·诺瓦克的《两个世界》和《提托·多里奇》，奈哈耶夫的《逃亡》；

我们还读了克尔莱扎的名作《菲利普·拉提诺维茨》，与上面几部同样以流亡为主题。在这些故事中，主角在外国觉得孤立，回国又无法适应，死亡悲剧由此触发。

“不过，真正抓住我们的，”梅丽哈说，“是讲客籍劳工，也就是我们的父辈和祖辈的。他们跑到德国、瑞典、法国、荷兰打拼多年，就是为了拿着辛苦钱，回家买大房子养老送终，传给子孙后代。而这些大房子都空荡荡的，像是坟墓，像是金字塔，像是无忧无虑退休生活的纪念碑，乌托邦的纪念碑。因为战争来了，到处都是硝烟。”

“也许吧，”安娜不安地说道，“不过，那真的是我们的故事吗？”

“你说呢，我的姐妹。你父母在德国干了半辈子，而你现在却漂流异国，身无分文。你去问问艾达，她是我的朋友。她会跟你讲的。她爸妈干了三十年退休，挣的钱都存到了萨拉热窝的一家银行里，本来想着盖座房子，安心过日子。他们现在在哪儿？又回科隆了！这就是我们每一代人的命运：生，一无所有；死，一无所有。我爷爷奶奶，还有我爸爸妈妈，‘二战’后从零开始干；现在又打仗，一夜回到解放前。我呢，也是从零开始，两手空空，什么都没有，○。”

谁都不说话了。梅丽哈的○像个套索悬在我们头上。

研究移民的人类学家从谍战小说里面学了个词：卧底。卧底，原本在新环境中过着正常生活的人：学习当地语言，适应当地生活，看上去完全融入了进去——突然间，他们顿悟了。回国的美梦将他们变成了机器人，变卖家产也要回国。意识到错误（大多如此）之后，他们回到了卧底二十多年乃至更长时间的土地，被迫重新走一遍适应期（不少人会跑去找心理医生）。两番折腾过后，终于与自己达成了和解。许多人过着两条平行线一般的生活：他们将脑海中的祖国投射到暂居的异国，再将投射的影像当作真实的生活。

我的学生都不是卧底，他们压根不会想到自己会成为卧底。他们不属于这里，也不属于那里。他们正忙着建造一座座空中楼阁，然后俯视大地，决意去留。当然，我也跟他们在一起。我同样不属于这里，也不属于那里。只是我不忍俯视。我恐高。

22

有一件我也说不清由来的事。我有时会发现自己停在街道中间，因为我忘了要去哪里。我只是站在那里，就像一个玩定身游戏的孩子，只要动一下就算输。“你动了！”我感到困惑的原因或许是，我去哪里其实都没什么关系，我完全可能站在另一座城市的街道上，我来到这座城市纯属偶然，说到底，做到底，万物皆偶然。我们许多人落到了过去做梦都没想到能看见，更别提会居住的地方。每天都可能这样，仿佛睡着在一个城市，醒来在另一个。

有时，我的睡眠会被一种压迫性却不可描述的疼痛打断，一种无痛的疼痛。我会下床，走进浴室，打开灯，放一会儿水，咽下几小口，试着平息似乎已陪伴我多年的干渴感。接着，我会把头靠在药柜的镜子上，看着呼吸的雾气缓缓在镜面散开。

“我的伤啊。我的心啊。秋天来了，我也痛了。我好痛，我好伤，我的伤口在溃烂……”在我的国家，伤口是我们的亲属，是我们的儿女，是我们的爱人。伤就是爱，爱就是痛。戈兰和我在柏林街头听到过极速民谣《我的伤啊》。街头小贩把廉价磁带拿给我们看，封面上用德语写着*Ach, meine Wunde*。戈兰交钱时笑着对我说：“我们国家最热门的出口商品就是伤痕。”

“德国啊，我不认识的人啊，我把爱人献给你，我把兄弟献给你。”他们哀号着，就像几十年来的民工、难民、侨民、流亡者、客籍劳工、冒险家、骗子、恶棍、逃兵，他们哀号，他们跪在地上，他们悲鸣……“澳大利亚啊，我不认识的人啊”，“美国啊，我不认识的人啊”，“加拿大啊，我不认识的人啊”。

我从来不是很理解那些廉价的爱国短片——半是旅行宣传片，半是政治宣传片——片中肤色黝黑、嘴唇上方留着小胡子的男人刚刚从外国归来，身在异乡，心中的祖国却如磁石一般。两只手各拿着满满当当的行李箱，多毛的胸膛上挂着金链子和十字架，翻山越谷，只为回到生养他的村庄，那里有身穿黑衣、长着小胡子的老母亲在漆黑的火炉旁等着他。“我的祖——国！我的故——土！”我的同胞大声唱道，凝视着美丽的远方；他们凝视的美丽之物通常只有远方。没准儿所有侨民都是不得不一直拍肥皂剧的性格演员；或许流亡题材本身限制了他们开拓戏路和气质的空间。

每当我发现自己陷入了游子式的失忆中，我就会搜肠刮肚地思考：假如情况不是现实中这样，那会发生什么？出于营造温暖环境的希望，我会把认识的人打乱后混起来，好像洗牌似的。我会想戈兰和他的 Hito 拥抱在一起。他们有着规律的睡眠，像两只勺子一样躺在一块。他呻吟了一声，她醒了。“怎么啦？”她问道。呻吟声停止了；呼吸恢复了正常；Hito 接着睡了。我会想到戈兰的母亲去厨房喝牛奶。她从一个写着丹麦曲奇的罐子里取出一块饼干，然后改了主意，又拿出两块。然后又一块。她把饼干泡在牛奶里，然后用一根手指顺着搅动，然后用勺子吃了下去。甜味的饼干泡奶让她平静了下来。“我真不懂。我嘴就是闲不住，”她叹息道，“尤其是夜里。”我会想到自己在母亲家客房的床上蜷着睡觉，听到了拖鞋窸窣的声音，门蹭地的声音，尿滴在马桶里的声音：厕所在我的房间旁边，我妈在里面小便。接着，声音停了，她又窸窸窣窣地回床上了。入睡时，她会装点自己的过去，好像那是一个复活节彩蛋。故意地，得意地。

只有在这些时候，醒着躺在阿姆斯特丹的地洞里的我才能看清自己。我看到自己提上牛仔裤，在睡衣外面披上夹克衫，从地下室出去。我试着深呼吸，但空气像棉花糖一样粘稠温热。街道上刮着亚热带那种醉人的风。旁边的一棵树上挂着两个塑料袋，发出噼啪的响声，在黑暗中发着暗淡的光，仿佛在传递另一个世界的消息。

我看到了一个同胞，一个行迹诡异的矮胖女人，后面跟着一个高个儿白发女人。老妇走路要拄拐。“走呀，妈。”年轻些的女人命令道，声音尖利得像针一样。我们的人都认识这个女人。“她是个天才。”他们说。她有时装成长满瘤子的人，有时装成八个半月的孕妇，有时像今天这样，装成一个瘸腿的老奶奶，但她身边总跟着一个影子似的男人，他怒目而视，身穿短夹克，双手深深地插进衣服的口袋。他们说，只要我们的人想买，她什么都能偷来：衣服、珠宝、录像机……“走呀，妈，”她嘟囔道，“快走呀。”

一个喝醉的年轻英国女人拉着我的袖子问：“有火吗？”

“不好意思。”我说。

“去你妈的！”她回了一句，然后蹒跚着走了。

我站在一家文身工作室门前。店关了，不过橱窗里的电视还在播放纪录片。“我开始做文身是为了了解疼痛的含义，”一名日本小伙子说着转过身，把满背的文身对着镜头，“每个图案都是疼痛的纪念。”另一名浑身文身的日本小伙子狠狠地点头道：“没有疼痛，哪来的收获。”

街角运河中的水显出浓厚的黑色，发着不祥的光。突然间，一只白天鹅从黑暗中出现然后定住，像鬼一样。就在这时，橱窗里的电视关了，屏幕变为空白。我又在那里站了一会儿。树枝上的塑料袋仍然在噼啪作响，像孩子玩的风筝。亚热带似的风舔着我的脸。汗液顺着脊背流下。“你动了！”接着，我蹿回了自己的地洞，像一只老鼠。

23

本学年已经结束了。我们学会了所有的字母。我们能读懂印刷体和手写体。现在，我们能阅读各种童书。现在，我们能阅读各种内容。我们还学会了写字。我们知道如何把我们看到的东西写下来。现在，我们可以独立读写了。懂得越多就越好。

——《一年级寄语》

接着该考试了。他们来了——全部四个学生：约翰内克、梅丽哈、安娜和伊戈尔——在门外的走廊里。约翰内克第一个进来。我问了她几个问题，她都答对了。我给了她 A。她比其他人刻苦得多，而且一直悄悄观察着事情的发展。我直到现在才意识到，我和她从没进行过深入的交谈。我们接纳了她，她是我们的人。这似乎就够了。

“我希望你留下来。”她说。

“有可能。”我试着让声音振奋一些。

我起身把她送到门口，要跟她握手。她好像很不安。

“祝你好运。”我像个傻子似的说道。我意识到，我比她更需要好运。

梅丽哈进来的那一刻，我就知道自己演不了考官了。

“别管考试了，梅丽哈。”我说。

“你什么意思？”

“我做不到出题考你，”我承认道，“考也好，不考也好，A是你应得的。”

“你怎么现在才说！我背了一晚上，和当初上学时一样。不过，不考也挺好。真的挺好！那你明年还回来吧？”

“有可能。”

“好吧，你回来，”她高兴地说，“我就回来。”

我们聊了一小会儿她的父母、她的打算、她的学习状态。

“我不知道该做什么，”她蹦出这么一句，“我恋爱了！”

“对象是谁？”

“一个达舍人！”

于是，我们又聊了聊她的达舍男友。小伙子人不错，特别喜欢波斯尼亚，在非政府组织工作。做维和一类的事情。他在萨拉热窝的时间比在荷兰还要多。他会波斯尼亚语。她可能最后会跟他一起去波斯尼亚。谁能想到她会因为一个达舍人而想回国呢？“那边还有……那个……我爸——他在走下坡路了。他只会说一句话：‘生活就是个大笑话。’他就是只鹦鹉。你问他吃煎蛋还是炒蛋，他就说：‘生活就是个大笑话。’不过，这家伙身上可能还有点值得我学的东西。”

她站起身，我紧随其后，然后握了握手。她正要开门时停住了，一道阴影划过她的脸庞，让她看起来老了十岁。

“怎么了，梅丽哈？”

“没事。我有时候觉得自己快疯了。我走着走着路，突然就不得不停下来收拾碎片，我自己的碎片。我的胳膊，我的腿，啪！还有我发了疯的脑袋。你都不知道，找到你们我有多高兴。不管怎么样吧，我把碎片粘好，又维持了一阵。我以为彻底粘好了，但又碎了。于是，我再次捡起碎片，像拼图一样把自己拼起来，直到下一次……”

她打开门，又说了句。“我脸都哭湿了。达舍人在楼下等我呢。”接着，她在脸上挤出一个微笑，走了出去。

下一个是安娜。

“我跟你讲，我不是考试来的。”她进屋时说。

“你什么意思？”

“没意义。我以后不来了。”

“怎么突然就决定了？”

“我要回贝尔格莱德。”她说。

“你等等。先别跳步。你怎么决定要回去了？”

“海尔特一直喜欢贝尔格莱德，而且我在这边紧张。”

“你不会有留恋吗？”

“没有。”

“可你在这边都几年了，不是吗？”

“哪里都一样。”

“你确定不要我给你的分数吗？”

她好像没听见这个问题。

“我就是来道个别，”她说，然后脱口而出一句话，“你还是一个人？”

“为什么这么问？”

“在外国生活——一个人要难得多。”

“看情况吧。”我说。我不太想继续这段对话。

“你懂的……”她说，“不管怎么样，发生的总会发生。”

“你什么意思？”

“你自己没意识到，但我们之所以还在一起，归根结底是因为你。你不在了，我们也就散了。”

“为什么？”

“因为就是这样。我们一开始情绪都很紧张：我们被踢出了自己的生活。生活就像一阵疾风，一场永不停歇的派对。接着，我们一早晨起来发现身边是一片空地。”

“空地？你说的空地是什么意思？”

“我也不清楚。我想就是那种身后没有人，身前也没有人的糟糕感觉吧。”

“可你有海尔特呀。”

“荷兰人在外国比在本国好得多。”

“这是什么意思？”

“他们在外国如鱼得水，在国内却是离开水的鱼。”

“你以为能在国内找到什么？”

“接踵而来的恐怖生活。”

“你在这里有什么？”

“没有恐怖的生活。”

“对许多人来说，这就是留下来的充分理由。”

“不过，荷兰有荷兰的难处。”她平静地说。

然后，她从包里取出一个信封，放在我桌上。

“那是什么？”

“公寓钥匙。”

“谁的公寓？”

“我们用不上了，你可能还要留下。”

“我还没决定呢。”

“不过，你留下是有可能的。”

“是你的公寓吗？”

“不，是海尔特的。政府有补助，你只要付燃气费和电费，和不要钱差不多。对了，我还要告诉你：它周围挺荒凉的。地址、电话号码、你需要的东西都在信封里。家具挺老的，不过你可以换，随便你换。海尔特和我一周内就离开。做好决定就告诉我。过去考察一下。不喜欢的话，就把钥匙放进盒子里。”

我对安娜感到惊讶，又有不到一秒钟的嫉妒。她似乎具有某种我不懂的知识。她走后，我盯着信封看了一会儿，然后揣进包里。安娜的钥匙刚刚打开了那扇曾经将我的全部恐惧挡在外面的门。

现在还剩下伊戈尔，但我起不了身。我一直想着安娜和梅丽哈，想着她们过去的生活。除了一无所知本身，我对她们的生活一无所知。

伊戈尔的论文摆在我面前，我心不在焉地翻阅着，好像以前就读过似的。文章写的是克罗地亚文学中的归乡主题，但他选择的文本让人完全想不到：经典童书作家伊万娜·布尔利奇－马茹拉尼奇的《鲍迪耶寻真记》。

维耶斯特老人和三个孙儿住在古老的桦树林的一处空地上。有一天，被伊戈尔叫作“斯拉夫超人”的天神斯瓦罗格在三个男孩面前现身：

> 话说完后，斯瓦罗格把斗篷一甩，柳蒂沙、马伦、鲍迪耶就上了斗篷的边。他又把斗篷一甩，斗篷就转了起来。斗篷边上的三兄弟也随着转了起来，转呀转，转呀转，突然间，世界开始在他们面前闪

过。首先，他们看到了全世界所有的宝藏、天地、庄园和财富。接着又是转呀转，转呀转，他们看到了全世界所有的军队、长矛、标枪、将军和战利品。接着又是转呀转，转呀转，他们突然看到了所有的星星，所有的星星、月亮、北斗七星、风、云彩。这些画面让三兄弟困惑不已，而斗篷依然在上下翻飞，发出沙沙和呼呼的声音，好似一件黄金做的裙子。但是，他们接着发现自己回到了空地，金灿灿的斯瓦罗格和以前一样站在柳蒂沙、马伦、鲍迪耶面前。于是，他说话了："你们要这样做。你们要留在空地里；你们不能离开爷爷，直到他离开你们；你们不能去了外面的世界就不回来，直到你们回报了他的爱。"

当爷爷问孙儿在外面看到了什么，天神斯瓦罗格给了他们什么建议时，鲍迪耶想不起来了——伊戈尔用的是英文词 blackout——于是，他离开了家，到森林中寻找失落的记忆和斯瓦罗格的建议。在那里，被伊戈尔称作"雷克斯·卢瑟的帮凶"的森林恶魔突袭了他。

我朝伊戈尔招手，他进来坐下，我在他的脸上看到了自己的影子，就像照镜子一样。他好像是把我第二学期说过的每一个字都录了下来，然后现在按下了播放键。他开始重复我灌输给他们的干巴巴的、学究气的人名、作品名和日期列表，而且毫不掩饰他对我的蔑视。我打断了他。

“你的论文让我有一点迷惑。”我说。

“它讲的就是一部令人迷惑的作品。”

“你什么意思？”

“鲍迪耶想不起来了的那句真言是什么？斯瓦罗格的话？斯瓦罗格只是告诉他留在家里。就像ABC一样简单。”

“所以呢？”

“所以，斯瓦罗格在鲍迪耶面前出现了不止一次，而且对他说了同样的话：留在家里。但是，当他找回记忆时发生了什么？他死了。‘我马上飞回了亲爱的爷爷身边。’他靠在井边说出这句话，然后掉进去淹死了。”

“好的，你读出什么来了？”

“按照哪里都没有家里好这种题材的套路，他们应该从此幸福地生活在一起呀。童话里的英雄在旅途中会找到智慧、宝藏和公主，而不会掉进井里。马茹拉尼奇的结尾不按套路出牌，肯定有自己的想法。”

“但是，鲍迪耶走后进了斯瓦罗格的天宫呀。”

“马茹拉尼奇让鲍迪耶上了天堂，死亡配上了好结局，但这是个偷懒的结局，因为我们要么上天堂，要么下地狱，要么这么去，要么那么去。因此，从文学手法角度看，它是纯粹的胡扯；而从精神分析角度看，这是纯粹的天才。”

“为什么？”

“真言的意思很明白：流亡等于失败——鲍迪耶在森林里游荡时完全是一头雾水；他失忆了——回家等于找回记忆。但是，它还等于死亡：鲍迪耶刚找回记忆就掉进了井里。因此，人类自由的胜利唯独寓于走上两条道路中的一条，或者某种第三条道路中的那个瞬间。为了表现这条内在真理，马茹拉尼奇偏离了题材的套路，写出了一部坏童话。”

他抬头看着我，黑色的眼睛斜视着我，衡量着我的灵魂。

他把我打败了：他向我展示了我靠自己永远看不出来的东西。这部作品可以有无数种解读，但伊戈尔的解读既让我觉得有理，又让我觉得可怕。如果他说的都是真的呢？如果回家确实就是死亡——象征或现实意义上的死亡——流亡意味着失败，而出发的那一刻是我们唯一真正被赋予自由的时刻呢？如果真是这样，我们该怎么办？再说我们又是谁呢？我们不是都被打成了碎片，只得在大地漫游，像梅丽哈那样捡起碎片，把碎片像拼图一样摆起来，用口水把碎片粘到一起？

“怎么了，同志？我是说，卢齐奇教授。”他的话里带着讥讽，好像在读我的心。

这句话将我抛回了考官的角色。我们刚刚进行的对话是通往和解的一步。放在以前，我会先伸出手，现在却忍住了。

“谢谢你，伊戈尔。这就够了。我今天打分，系里的秘书明后天就会通知你成绩。”

在一生中，我从没有像说出这句话的一刻那样痛恨我自己。

他耸了耸肩，拿起双肩包就往门口去。但是，他又转过身说：“教授，我就加一条脚注。在文学领域，走向世界的总是男人。走出去，回来，流下浪子的眼泪。女人在哪里？”

我没有回答。我朝他那边瞥了一眼，整个人又聋又哑。我几乎看不清他的五官。我的残肢埋进地里，改变了身边环境的颜色。我感觉到洞螈，在演化过程中止步不前的人鱼，在我体内某个地方搅动着：它在用腮呼吸，血液在极细的血管中流动，小小的心脏在跳动，但听不见心跳声。帮帮我，让我的心跳起来。摸摸我，我会变成美丽的少女；离开我，我就会成为自己黑暗世界中永远的囚徒……

伊戈尔走后，我开始给学生打分。我决定给奈维娜、塞利姆、马里奥、达尔科、波班和阿姆拉及格，给梅丽哈、约翰内克和安娜 A。可伊戈尔呢?

我不知道自己为什么要那样做。我就像布尔利奇－马茹拉尼奇一样，不知道为什么要颠覆一种久经考验的文体。有事情不对劲，在她的心里；有某些事让她没有写出常规的结局，她在许多其他作品中轻松写出的结局。我只知道我控制不住冲动，让自己的故事走上错误的方向的冲动。我摇摆了很长时间，最后给了他 F——还有一句简短的、狡猾的说明——我感到生理性的反胃里搀着愧疚，愧疚里搀着解脱。

现在，我只需要把分数交给安妮卡，交还办公室钥匙，然后去找塞斯。我看了一圈办公室。我正在空地上。身后是一片荒原，前方空无一物，除了包最底下的信封里的钥匙。

但是，我接着打开书桌抽屉，确保没有落下东西，结果看到了一张对折的纸。那是一封匿名信，几个月前有人放进了我在系办公室的信箱里。我直接把信丢进抽屉，完全忘掉了它。我现在读起它就像从没看过似的。

南斯拉夫婊子，

我 × 你妈。我想起那些为了推翻共产主义垃圾堆而死的人，还有四处散播兄弟情谊和团结这些垃圾的你。收起你那套南斯拉夫的废话，你听清了？！人民去死，自由属于法西斯！

莱西上尉

附：去死吧你。

信里没有一个词能看出作者是塞尔维亚人、克罗地亚人还是波斯尼亚人。就连最用功的语言学调查员都会挠头。我意识到，凭借我最近积累的经验，我完全能当威胁信领域的专家。但是，把这封信的内容解释给别人——比如一个荷兰人——有多难啊。我要如何说明作者发明的Jugokuja（南斯拉夫婊子）这个词使用的类韵手法呢？我又要怎么讲清楚“兄弟情谊和团结”这个顺口的习语呢？我要怎么解释“人民去死，自由属于法西斯”这句口号隐藏的含义，还有出自二十世纪五十年代南斯拉夫电影《莱西上尉》主人公的落款呢？

匿名信是一枚炸弹的残片。尽管它进了我的抽屉里，但我对追查作者毫无兴趣。我拿起一支红色（没错，红色）记号笔，改正了信中的拼写错误，内心毫无波动。接着，我将信纸撕成了碎屑，扔向空中，就像节日里撒的纸屑一样。战争已经结束了。

24

我缓缓走下了五层楼梯，在一层撞见了拉基，语言学家拉基。他第一学期来上过几节课，然后就消失了。他呆立片刻，好像在琢磨接下来该怎么做，接着紧紧眯了一下眼睛，移开目光，懒懒地拖着长音道：“最近怎么样啊，卢齐奇夫人？”

“我挺好，谢谢你。你呢？”

“马马虎虎。还在系里晃悠，你也看到了。”

“是啊，不然我们也不会碰面。”

“从九月开始，我就每天在这里了。”

“真的吗？”

“他们给了我一间办公室，好让我编完字典。”

“干得挺好啊。”

“是不坏。只要字典编完，日子还要好。”

“那是肯定的。”

“共产党掌权的时候，我们做梦都想不到有这一天。”

“那当然啊。”我说道。拉基显然听到了话里的讽刺。

“我从克罗地亚旅游局拿到了一笔经费。毕竟对他们有好处，有助于荷兰人过去旅游。我从文化部也搞了点钱。这边的部门出办公室。他们可能还会让我开几次培训班，当然，不算什么大事。”

“听起来很棒啊。”

“是不坏……对了，你暑假回家吗？”他用*家*这个中性的词来替代那个国家的名字。南斯拉夫还在的时候，客籍劳工管它叫Yuga，*南*，而且把元音拖得很长。

“有可能。”

“我都等不及了。我父母在赫瓦尔岛有一间好房子。我每年都去住两个月。”

“好，不错……回见。”

“祝你好运，卢齐奇夫人。”他说。

从来不跟你对视的眯缝眼，政权更替后时髦起来的反对姿态（不过，拉基与共产主义没有半分关系），兼有当代城里话、方言和文言（就像是祖父和孙子用同一张嘴说话）的大杂烩，一贯刻意的称呼*卢齐奇夫人*——这些都让我隐隐作呕，就像是厄运的征兆。

我没有出门，而是上楼敲开了塞斯的门。屋里只有他自己。

“快进来，塔尼娅。见到你真好。我正要找你呢。”

自从我那天晚上登门之后，他和伊内丝谁都没想到要找我。实际上，我给他们打过一两次电话，每次都是伊内丝热情地打发了我，说他们太忙了，一点空都没有，他们一直念着我，一直听学生夸奖我，迟早要聚一聚，好好聊一聊。明明是好话，她说起来就令人反胃。

塞斯向我解释说，尽管他本学期收到了我的学生的正面评价报告（他指的是字面意义上的报告，还是客套话？），但他九月份不能再聘用我了，因为经费不足。过去几年来，荷兰教育部一直在削减高等教育预算，在找到设立克罗地亚语言与文学职位的经费之前——他正在尽力找经费——他会让伊内丝志愿代课。她确实要做出牺牲，但为了让项目开下去，这是仅有的办法。系里的日子不好过：就连读主力专业俄语专业的人都少了。他不能请我无偿工作。不，他了解我的情况，做梦都不会让我白干；他不想剥削我。他肯定我会找到工作的。毕竟，我有博士学位，有教学经验，还有"一颗大心"。还有最重要的一点，"斯拉夫人天生会教书，不是吗？"他替伊内丝带了好，她说很抱歉没能跟我再见面。她刚刚带着孩子去科尔丘拉岛了，他马上也要走了，打完分就走。我过几天要找安妮卡办公寓的手续：还钥匙，退押金之类的。

塞斯的话里透着真诚，丝毫听不出恶意。当然，他没有问我离开阿姆斯特丹以后去哪里——谨慎的人不会问给自己找事儿的问题——但在他长篇大论的整个过程里，我脑子里只想着一件事。

“塞斯，”我在惊慌中打断了他，“我的签证快到期了。”

“我不知道我能帮什么忙。”

“你可以以系主任的身份写一封信，说我明年还在这里教课。”

“这不太妥当吧。我担不起这个风险。”

“当局才不关心真相呢，他们只关心档案。完全没有风险。”

“我不知道……”

“我明天过来拿信，”我用几乎听不清的声音说道，“你可以放在安妮卡那里。”

离开办公室时，我坚信那封信明天会等着我去拿，系公章等一应俱全。接着，我快步下楼，走进街对面的咖啡馆。我进卫生间时差点儿就憋不住了。我这辈子从没有这么难受地呕吐过。

我后来扪心自问：我为何非要那封信，为何要为了一封信折腰？既然无事可干，延签又有什么用？我在其他人身上见到过侨民狂热病——比如戈兰——但我以为自己是免疫的。他们成天谈论文件，愿意为了合格的文件做任何事。然后呢？“然后我们走着瞧。”我会看到他们的表情发生一连串快速的更替，或者露出兼具狡黠、优越感和恐惧的表情；我会看着他们紧张的、可悲的、类似于罪犯的样子，念叨着最后一个可以钻进去的老鼠洞。我见过热火朝天的讨论因一道绝望的阴影落下而突然停止，但他们一下子又会走出来，继续谈话，和之前同样热烈。

我不是流亡者。我口袋里装着护照。我为什么要在塞斯面前屈膝，更不用说还有伊内丝，她肯定马上就会知道这件事。（“我的意思是，我们已经尽可能帮她了。人终究要靠自己。人在国外，事情就不那么清晰……”）伊内丝啊！甜美又随和，优雅有风度，一身奥匈帝国式的魅力，克罗地亚的软沙文主义，南欧的热情，扬扬自得地住在摆满战利品的房子里，来自第一次婚姻的战利品（“一点让荷兰人明白我们不是乞丐的东西，你知道我什么意思吧？”）。他们以为自己生活在坚固的资产阶级掩体里，而在我看来，他们是在浮冰上努力保持平衡，一边把祖母的银器取下来，一边要永远保持微笑，嘴巴永远在念叨。银器和素人画作是他们抵抗命运，抵抗邪恶的仅有的武器：它们是确实的标志，代表他们属于一个不会受到伤害的阶层。至于我，我会找到工作的。我有博士学位和斯拉夫人的大心。斯拉夫人天生会教书，不是吗？我有签证，桌子上还有几块面包，那然后呢？然后我们走着瞧……

稍微平静下来，我才意识到塞斯没有做任何承诺。他无可指摘。我没有资源，内部的、外部的都没有。我是脆弱的，等着别人的救济。任何人都可以把我捡起来，让我仰面朝天，对我为所欲为，给我留下淤青与伤痕。因此，我才轻易听信了伊内丝的话，陷入了她的甜言蜜语。她的罪责不比塞斯更多。我已经失去了人格。我戴上了用来抵御侵害的面具，面具已经和我的脸融为一体，深入了我的身体。我不再是自己了。

走出咖啡馆的时候，我从伊戈尔身旁经过。他还是平常的样子：戴着耳机看书。他没有注意到我。我突然想起了在柏林当保姆时的美国东家，他们总是把我介绍给自己的朋友。“这是塔尼娅，我家的保姆。前南斯拉夫来的。塔尼娅特别会照顾孩子。她对小孩确实有一套。”

25

“你是我们的人？”他狡黠地问道，咧开笑的嘴里露出一颗金牙。他的搭档拿嘴角叼着一支发潮的香烟。

“对，我是我们的人，”我说，“你们俩是哪里人？”

“我是斯梅代雷沃的，他是库马诺沃的。你呢？”

“我？我火星来的。”我说。

现在，俩人都咧嘴笑了。

“我们俩，没得比，”那吉卜赛人对搭档讲，“功夫都在嘴上。”接着，他转向我问道：“要我们吹点啥？”

“来吧。”

“那就来点家乡味吧。火星曲子。”

“好呀。”

他拿起单簧管，搭档把手风琴的背带挂在肩上，吐掉了香烟。

我从包里拿出一张一百盾的钞票，放进了帽子。

弹手风琴的人低头看了眼钞票，叹道：“我说姐妹啊，你疯了怎么的，这么撒钱？留着应急吧，日子不好过的时候用。给我们一两盾自然是好的，可这是？哎呀呀！别发疯了，朋友。钱又不是树上长出来的。”

我不在乎地摆了摆手，走进人群中，感受着叫人疼痛的吉卜赛炸弹——“金色的太阳，你落吧，落吧。天暗了，才看得见月亮……”它在我心里爆炸，然后留在了那里。突然间，我的心沐浴在鲜血中，心周围的冰墙开始融化，而滴着血的我蹒跚走过了市集。

阿尔伯特·克伊普市场是阿姆斯特丹规模和名气最大的市场，位于前工人阶级生活区管道区，每天上午开市，据说有三百多个摊位，直到傍晚才收摊。我表面上是想去买鱼和果蔬，这只是一个借口，为的是合理化将我吸引至此的那种模糊的磁力。市场笼罩在花粉和海对面飘过来的浓烈香料气息——桂皮、丁香、肉豆蔻——的雾气中，带着风和盐的味道。华丽的丝绸、厚绒布、异域风情的首饰、黄金和珠子、毫不谦虚地敞开卖的珠母贝、散发着银色光芒的鲜鱼在空气中闪闪发光，从身旁匆匆经过。市场里的苹果有着金色的光泽；每一粒葡萄都像点亮的小灯笼；醇厚的白色牛乳恍如维米尔笔下女性的肌肤。

不过，磁力有时也会失效，当一条死鱼呆呆地躺在摊位上，当苹果红倒是还红，莴苣绿倒是还绿，只是没了光泽的时候。市场上有衣衫破烂的小贩在卖廉价服装，身边的空气都被化纤带上了静电；有人卖叫不上名字的杂货：长得像抹布的掸子、形状尺寸各异的塑料刷子、五颜六色的尼龙假发髻、塑料齿的木头痒痒挠、盒装袋装小吃；有人卖香皂、洗发水、洁面乳、低端手提包、假花、垫肩、补丁、针线、枕头和毯子、打印画和画框、锤子和钉子、香肠和奶酪、肉鸡和野鸡、被蛾子咬了洞的围巾……

在摊位之间闲逛时，我心里想的全都是那枚吉卜赛炸弹。碰巧出现的一样东西马上抓住了我的眼睛：红白蓝三色条纹塑料包——安娜说得没错：我只花两盾就买到了。接着，我像一个上好弦的机械玩具似的朝 Zuid 肉铺走去。Zuid 在荷兰语里是南的意思，肉铺的主要顾客是当地的南斯拉夫人，Zuid 就是他们的暗号。肉铺的橱窗骄傲地展示着一罐罐猪脆骨，货架上摆着不算太多的思南食品：马其顿 ajvar、斯雷姆香肠、科尔丘拉橄榄油、等离子牌饼干（由于猎奇的名字，一经上市就赢得了一小批拥趸）、米纳斯牌咖啡（当然，这是土耳其产的）和黑人烟囱清理工牌太妃糖（它也因为名字而受到一小批人的追捧）。我买了一罐 ajvar 和太妃糖。这次购物是一场仪式，只有象征意义：我讨厌 ajvar，那个牌子的太妃糖发苦。

想着成千上万名侨民离开故土，来到像这里一样的外国，买他们讨厌的ajvar和他们知道发苦的太妃糖，买从来都用不上的手提包、滑稽的塑料齿痒痒挠和尼龙假发髻，我走向了机械玩具之旅的下一站：城东公园外的一条小街，街上有一家名叫贝拉的波斯尼亚咖啡馆。我在里面看到了一群双唇紧闭的阴郁男人在玩牌。他们长时间地看着我，脸上却毫无表情：就连一个进入男人世界的女人都不能让他们放下戒备。我在吧台找了个座位，点了我们的咖啡，就那么坐着，可以说是在忏悔吧。没过多久，我感到自己挨了一记看不见的耳光，像男人一样拱着身子。

喝完咖啡，我拿起朝圣之旅中收集的圣物——装在红白蓝三色条纹塑料包里的马其顿ajvar和黑人烟囱清理工牌太妃糖——准备回家。心里的那枚吉卜赛炸弹已经溶解了，我也不再流血了，但我还是搞不清刚才到底算是道别，还是填了一张隐形的申请表。“我说姐妹啊，你疯了怎么的？”

第四章

26

我是迈着大步的剃刀

你没见我有多大

我是危险的，我是危险的

好好对我

要是你想活

你就好好地对我

——彼得·托什

听到门铃响的那一刻，我就知道是伊戈尔。我知道他会来找我理论。他走进来，绕着房间走了一圈，好像房间太小，装不下他，而且他还不确定要不要留下。但是，他接着把双肩包放到地上，说道："嗯，这是你的本子。"

"对，这是我的本子。"

"客卧两用带厨卫，"他讽刺道，"空间紧凑，两米乘三。"他在引用南斯拉夫的电视广告。

"希望你的地方好一点。"

“你的小窝在地下呀。”

“叫低层吧。”

“书不多呀，”他环视着房间说，“我是说，考虑到你的专业。”

“你要喝点什么？”我问他，无视了他的评语。

“咖啡就行。我看你这里也没别的。”

做咖啡的时候，我一直在想要怎么跟他说。尽管杯子都是干净的，我还是又洗了一遍。然后满世界地找糖罐。为了拖延时间，我已竭尽全力。

> 伯爵大人，她从萨格勒布来，是一个真正了不起的姑娘。虽然年纪轻，但她有着钢铁般的意志，坚定无畏。她的标准科目学得都很好，这就不用说了。她还懂法语和意大利语，会唱歌，会画画，还有一双刺绣的巧手。她积极响应号召，能够以极大的激情履行使命。她天性里有理想主义的成分，将改良和提升人的灵魂视为托付给她的神圣使命。

这段话选自舍诺亚的经典浪漫主义散文《布兰卡》，讲述一位满怀克罗地亚民族复兴理想的青年教师离开萨格勒布，去偏远的耶尔舍沃村做乡村教师。我背对着伊戈尔倒咖啡，听着他阅读我从图书馆里借出来的书。我能感到自己的脸颊在颤抖。我害怕自己要哭出来。这种挑动我情绪的做法很幼稚，但我能感觉到，这不过是他的宏大计划的引子。

“那么，你把时间都用来盯着人腿看了。”他说着把书放下，朝铁窗的方向点了点头。

“只要你知道这是暂时的，你什么都应付得来，”我尽可能平静地说，“再说了，我过几天就走。”

“你哪来的自信这是暂时的？”他问道，要么是不关心我要去哪里，要么是在掩饰自己的关心。

我把他的咖啡放在托盘上端来。我知道他的来意，于是决定正面迎上。

“你看，伊戈尔，我特别抱歉……”我说着把托盘放在了桌子上。

“好啊。你抱歉。”

“坐下吧。”我说着坐了下来。他还是站着，再次转身背对我，凝视着窗户外面。

“我知道你是为了分数来的。”

他转回来，用黑色的斜眼看着我。

“如果是这样呢？”

“我不知道。”我说。我听到自己的声音变哑了，感到面颊又在颤抖。

他再次转身，走向房间那边的杂物筐，里面有我收到的生日礼物。伊戈尔一件一件地查看。

“一开始什么都好，对吧？”他说着拿出了两副手铐。

“对啊……”我谨慎地说道。

“顺便问一句，同志，你试过这个吗？”

“为什么要试？”

“哎呀，好奇嘛。你就不想知道它是怎么开的吗？”

“不想。”

“我还以为学者应该有好奇心呢。”他说道。

他声音里的蔑视让我脸红，我又快哭了。

伊戈尔走到我面前，从我手里拿过杯子放在托盘上。

“我们来做一件没有人做过的事吧，你说呢？”他说着抬起我的手，亲吻了我的手腕。他的双唇又冷又干。

接着他抬起我的手腕，熟练地铐在椅子一侧的扶手上。

“好了，”他亲切地说，“现在你是我的奴隶了。”

“你开什么玩笑？”我说这句话的声音都不像是我自己的了。

伊戈尔把他的椅子拉近了些，抓起我能动的那只手。“我做得快吧？你肯定觉得厉害。我练了好几个小时呢。”

我把手甩开。“别闹了。给我解开。这就当是练习，我不追究。”我尽力地微笑着。

他把我的手拽回来，贴在他的脸颊上，抽了他几下。

“啊哈，教授，”他说，“你有一只十九世纪的手。”

“一只什么？”

“你的手就像十九世纪小说里写的一样：一只纤弱雪白的手。”

他把我的手放在他的手上翻过来，像一只手套。

“不过你咬指甲，像小女孩一样。”接着，他没来由地把头埋在我的大腿上，口中说着，“帮帮一个可怜的学生吧，好不好？”

我紧张极了，攥紧还能动的手，开始抓他的头发。他有一会儿没有动，但接着仰起头，抓住我的手，舔了一口掌心，拿出另一副手铐，将我的手腕铐在另一侧扶手上。

“好了，”他满意地说道，“现在你是我的了，全都是我的。”

“停止这场愚蠢的游戏，好不好？”我说道。我的脸又红了。

“看来你还指望着这是一场游戏。”他讽刺地说。

“你够了，伊戈尔。如果你觉得是在报复我，将我绳之以法……”

“法！你什么都不懂啊，同志。我才不管什么法呢。”

“我让你挂科的原因是，我确定是你到塞斯·德莱斯玛那里说我的坏话。”

“我？！”

“第一学期结束后，有人向塞斯投诉说我们不务正业，上课纯属浪费时间，而且我逼你们陪我去咖啡馆。”

“你闭嘴！”他用英语呵斥道。他呵斥时总是用英语。

我感觉他一点都不惊讶。

“塞斯都跟我说了。”

“你果真以为是我？”

“好吧，是你们中的一个。不是你，就是别人。”

“那又如何？”

“那又如何！你诬陷我，你告发我，你没胆量当面告诉我你的困扰；不，你跑去找塞斯，在背后说我的坏话。”

“所以，你决定报复我们。”

“我没有报复你们。我只是履行自己的职责。”

“但是，如果根本没有人投诉呢？如果这全是德莱斯玛编出来的呢？”

“他为什么要做这种事？”

“为了好玩。或者为了表明操纵你，操纵我们所有人是多么容易。”

“我不这么看。那是真的，他说的话。每个班好像都有人给他打小报告。”

“你知道我是怎么想的吗，同志？我认为问题不在塞斯，不在我们。我认为问题在你。你迫切地想要它发生。即便我们真投诉了，你大可以无视它，忘掉它。你也可以解决它。毕竟，我们都是一伙儿的。你可以原谅我们。你可以可怜可怜我们这些浑蛋。你可以跟我们聊聊。你有各种各样的选择。知道吗？而你的选择是，对班上的学生发起一场怒气冲冲的微型战争。”

“你在讲什么？我听不懂。”

“告诉我，你为什么给我F？”

“我不知道。”我说。这是我能想到的最诚实的回答。

“你太知道了，你这个臭婊子，”他平和地说，抚摸着我的膝盖，“你只是尴尬地不愿意承认。”

“你敢这么对我说话！立刻给我把手铐解开，不然我就报警了。”

“你真可怜，同志。”

“可怜？”

“你要怎么拨电话？”

他问住我了。

“你到底想要我做什么？”

“你说的话就跟B级片台词似的。我想要你做什么？我不知道想要你做什么，就像你不知道为什么会给我F。这么说吧，我想让你坐立不安。我想让你发出报警器一样的声音。我想听一听真相。”

“什么真相？”

“啊，我读你就像读一本书。我知道你有多害怕。不过，还有某种东西阻止你摘下老师的面具。我感觉自己在一场他妈的课上，他妈的国防课。”

“我受够了。我要喊了。”我都不敢相信自己的话有那么蠢。

“你敢叫，我就抽你……”

“你不敢。”我说。

“你敢赌吗？”

还没等我张嘴，他就狠狠扇了我一巴掌，扇得我喘不上气。

“你疯了！”我挤出来这么一句。

“你呢？”

“你怎么敢！”我说话时气都喘不上。

“我就是敢。好了，我把面具扇掉了，你可以把架子放下来了。”

“你看，伊戈尔，我只需要给办公室打一个电话，给你改分就好了。”

“你又一副可怜相了，同志。我是A级生。一门课是F没什么。”

他说中了。我没有自卫的手段，也没有自卫的意愿。我深吸一口气，小心翼翼地说：“原谅我，伊戈尔。原谅我吧。求你了。”

“你看来还是不开口啊。”他平静地说。

“开什么口？”

“把该说的话说出来。”

“我不能也不会，因为我没有该说的话！我几个月来一直在尝试。”

我气得浑身发抖。我又一次听到自己像克罗地亚语班上的外国学生那样说话。我试着挣脱，却疼得叫了一声。

伊戈尔看着我的抗议，仿佛在看一场糟糕的舞台剧。接着，他把手伸进口袋，掏出了一卷胶带。

“你家剪刀在什么地方？”

“架子上。”我流着泪说道。

伊戈尔剪下一块胶带，娴熟地封住了我的嘴。

“好了！你想要的来了：本周电影。你是一个骄傲的人，没错。你自视甚高：你知道自己在一条烂泥河上，但你确信自己手里有桨：你确信自己有地位，有资源：男人（尽管他跑去了日本）、公寓（尽管里面全是陌生人）、图书馆（尽管你的书已经没了）、博士学位（尽管它可真是有大用啊）。在头脑的某个偏僻角落里，你确信生活会回到过去的样子。眼下的生活只是一次出游，一次你以为是自愿踏上的小小出游。你只要打一个响指，啪！一切就会恢复正常。我说得对吗？哪怕你透过窗户看了几个月的人脚，哪怕你看了无数的 B 级片，但你从来没想过自己会沦落到另一个场景：站在红灯区的橱窗里勾引客人进你的小房间、小水槽、小浴巾，或者像梅丽哈那样逗痴呆的老男人开心，或者像塞利姆那样刷厕所。

“你可曾想过，你的学生可能要胜过你，他们是更好的人？想过吗？你不是麻木的糊涂蛋，同志。你可能有过这种想法。但是，你可曾想过学生们比你懂得多？除了他们上过名叫羞辱的学校，除了他们不会发号施令？经验告诉他们，事物是相对的。事物就是相对的。直到昨天，距离还是用厘米衡量的：手榴弹也可能炸到你。当然，你对受苦的人，真正被炸到的人感到难过。但是——你从没有对自己承认过——在脑海的深处，你认为手榴弹会选择落地点。它确实会，肯定有他妈的某种原因。有些事情让你不能连点成线，让你不明白自己能当上老师只是偶然。事情完全有可能反过来：你可能和我们一起坐着听课，而梅丽哈成了老师。那枚手榴弹——它将我们都炸烂了，炸成烂人，但你似乎觉得你比我们其他人要少烂一点，你将暂时的优越感提升为了自然定律。

“告诉我，你有没有想过，你可能一直都在折磨我们？你有没有想过，被你逼着回忆的学生们渴望遗忘？他们为了哄你开心才编造出回忆，就像巴布亚人为了哄人类学家才编造出食人传说？你的学生和你不一样。他们爱这个国家。平坦，潮湿，平淡无奇，但荷兰有一个特点：它是一个遗忘的国度，一个没有疼痛的国度。人在这里成了两栖动物。按照他们自己的想法。他们变成沙子的颜色，融入环境，消失了。就像他妈的两栖动物一样。这就是他们关心的全部：死去。荷兰的平原是一张大大的吸墨纸：它吸收一切——记忆，疼痛，诸如此类的玩意儿……”

伊戈尔停了下来。他好像累了。他又一次把舍诺亚的书从架子上取下来，心不在焉地翻阅着。

我感觉眼泪从面颊上淌了下来。我也说不清原因。羞辱？自怜？我所处的悲剧境地？还是喜剧境地？天啊！我在想。在那一刻，我感觉我对这个男人要比我的生活中任何一个人都要亲近，而我又没办法让他知道。我指的不是嘴上有胶带；就算没有胶带，我也不会开口的。

伊戈尔肯定读懂了我的心。他转过来面向我，大声读出了这一段：“你内心的气压计越来越低，你的双眼闪着泪花。”

我在他的对面。一道看不见的冰墙将我们隔开。他能不能看出我当时只有一个愿望，那就是用头撞墙？我需要帮助。我的心出了毛病，但我不能确定有多严重。我急需一处庇护所，一个能靠上去的温暖大腿，一处等待疼痛平息的地方，一处回去、回到自我的地方。

“求你告诉我，教授，”他一边说，一边演戏似的将书扔在地上，“我要怎么处置你？我们这样的小语种文学够不上反对派。不，不，别担心。我只是替你难过。你教的是小语种，小文学，而且都这么小了，现在还在变小。但是，不管你走到哪里，你还是拖着它。时光不再，换方向太迟了，你不能把它们都丢掉，不是吗？那你怎么办？能救多少是多少吧。他们全都完蛋了，男孩和女孩们。不过，我们来捡碎片吧，穿过瓦砾，玩玩考古学。

“你有没有想过这个问题，完蛋的究竟是什么？那一大堆用克罗地亚语和塞尔维亚语，用斯洛文尼亚语和马其顿语，用没有人用得上的语言写成的书，是讲什么的呢？教人民和群众阅读。真的文学不会教人阅读，而是假定人们已经会阅读了。《包法利夫人》面世那年，萨格勒布还只是一个有一万六千六百七十五名居民的村庄。一万六千六百七十五！在我们那边的浑蛋们拿起笔的时候，欧洲的大作家们——歌德、司汤达、巴尔扎克、果戈理、狄更斯、陀思妥耶夫斯基、福楼拜、莫泊桑——都已经在了。《罪与罚》面世那一年，百分之八十的克罗地亚人还是文盲。

“现实点吧，同志。四处看一看。你的教室是空的。你的学生们都走了。他们都去闯世界了——他们有自己的价值体系；他们读得懂各种语言（如果他们读的话，也就是说，如果阅读还有任何意义的话）——而你还活在那个没有任何使命比向人民传播光明、文化和知识更光荣的时代。你胸膛里跳动的那颗心，还是一百多年前舍诺亚笔下的乡村女教师布兰卡胸膛中的那一颗。你还知道什么？你连他妈的荷兰语都没学会！就凭这一条，你就比学生落后了一大步。

“还有你强加于我们的回忆游戏！再过几年，怀旧会成为一门大生意。斯洛文尼亚人是最先靠它赚钱的：他们出了一张铁托演讲光盘，已经上市了。记住我的话。不准再跟我们思南。如果你想知道以前的祖国留给我的什么记忆最深刻，我就记得老家那帮浑蛋要让我穿上军装去打仗！保卫他们的混账国家的成果。他们的混账国家？那完完全全是我的国家。你一定知道那首歌：‘南到瓦尔达尔河，北到特里格拉夫峰……’”

伊戈尔正在崩溃——否定自我，努力想要呼吸——但我也是一样，我看不到振作起来的出路。

“没有人会为我站出来。没有人。我要是没跑出国，现在就是尸体。你也不会为我站出来。但是，我们不需要你他妈的分数。也不需要你他妈的文学。我们需要一个讲道理的人来建立秩序。一开始，你似乎走在正道上：你划定了一片区域，发出嗯、啊的声音，双手绞在一起。但是，你很快就投降了。你半途而废了。你的课程主题是一种将自己彻底毁灭的文化，而你没有提到这个事实。而且，你只讲过去：在安德里奇那堂课上，你没有提当代的文化屠夫们已经将他劈成了三段，现在有一个克罗地亚的安德里奇、一个波斯尼亚的安德里奇、一个塞尔维亚的安德里奇；讲文学史的时候，你不谈萨拉热窝大学图书馆已经被炸没了，书被扔进火堆和垃圾堆，甚至就在现在。那才是真正的南斯拉夫民族文学史。焚书。你没有讲有多少事物、多少地方被毁灭了。不，你严格按照课程大纲讲。你没有为自己的信念挺身而出，哪怕是在这里，你可以自由说话的地方，你也没有。你让自己彻底失去了信用。

“起初，就像我说的，你似乎挺上道。你说我们都是病人，你也是病人。但是，你马上就害怕了，决定只顾自己。好像只有你的研究领域是要紧事，因为那是你拿了钱要教的东西。但是，那是个多么可悲的小领域啊，全都是垃圾。你还是以为只要自己是个听话的小姑娘，他们就会聘用你，然后你就出头了。大错特错。你没有考虑德莱斯玛，他也是个可怜人。但是，他有一项比你强的地方：他是荷兰人，他在捍卫自己的地盘，而且他拼了命要保住它。他和你一样浅薄，这他也知道。但和你不一样的是，他有权。于是，他把工作给了自己管得住的人——他老婆——或者不如自己聪明的人——拉基。

“我可怜你，同志。傍上你傍得上的第一个达舍人吧。

因为这个国家吧，它还不错。它不会让你失望的。还有一件事。你是个幸运的婊子，有我跟你讲这些。因为当你经历了我们都经历过的事情后，只有三种可能：你要么变好，要么变坏，要么像乌罗什那样，用子弹打穿大脑。”

伊戈尔突然停了下来，房间里弥漫着香膏一样的寂静。他的眼睛还在我身上。

“哇哦，太操蛋了！你还挺享受嘛！你这个小野东西，你可真是的。”他用一根手指划过我的五官，好像在写一条信息，“我亲爱的克罗地亚语小老师，亲爱的塞尔维亚语小老师，亲爱的波斯尼亚语小老师……”

我屏住了呼吸。

“我要怎么处置你，同志？告诉我。你在躲闪。你在隐藏。你是一只躲在壳底下的乌龟。没有人碰得着你。你正从一件隐形的布卡罩袍里面往外窥探。”

他再次停下来，伸手从口袋里掏出一把剃须刀。他把身子朝我探过来，抓住我的右手，掌心朝下压在扶手上，在我的手腕上缓缓地、小心地切了一道口子。口子短而浅。接着，他划了第二道，第三道。

我不觉得疼，但眼泪不住地从面颊流下。透过眼泪，我能看见手上有细细的血流。血在手腕处分开，看起来像是一条天然手链。

“这是为了让你记住我。左腕一只手表，右腕一只手表——伊戈尔，老师的小宝贝……好了，我要走了。顺便说一句，报警电话是112。”

他从地上捡起双肩包，朝门口走去。但随后又转身回来，一下子撕掉了我嘴上的胶带。我尖叫了一声。

“嘘！”他温柔地说道，把手放在我的唇上。接着，他把手拿开，俯身给了我一个轻轻的、孩子气的吻。他的嘴唇顺便舔干了我的眼泪。“你现在还有一次坦白的机会，教授。”

我倔强地不说话。

他直勾勾地盯着我，用一种近乎悄悄话的平静声音说：“如果我就是那个跑去跟德莱斯玛告状的浑球呢？我干得出来。我讨厌你的矜持，你自诩正义的愤恨，你演出来的疑虑，你三心二意地涉入我们的生活。没错，没准就是我呢。因为我也变成了终结者。施瓦辛格那样的危险气息——我们都有的。杀人犯、诈骗犯、无辜者、受难者、幸存者、难民、老家的老人、这边的新人——我们都变了。许多人都变了。都是战争害的，它把我们害惨了。没有人能从战争中全身而退。没有一个正常人能做到。你看起来那么光鲜亮丽，就像瓷茶杯。我当然想把你打折，把你打烂，打得你血肉横飞。一丝同情、一点怜悯，什么都可以……”

伊戈尔用那双黑色的斜眼紧盯着我，好像在打量我的灵魂。我一言不发。

他离开，把门关上后，房间里充斥着一种新的、沉重的寂静。我呆坐了一会儿，竖着耳朵听；然后，我突然抽搐了一下，吐出了一颗看不见的子弹，我从一开始就用牙齿咬住的子弹。一声有力的尖叫从喉咙里爆发出来，伊戈尔从头到尾都想哄我发出的那种尖叫。不过，他那时已经走远了，听不到了。

27

伊戈尔离开后，我脑中闪过了自己一年级时的画面。我们班老师惩罚学生的办法不是让他们站在角落里，而是让他们站到黑板后面。当时的黑板是搁在木架子上。于是，黑板后面就代表着羞耻和屈辱。

画面的深处站着一位被老师罚到黑板后面站着的女孩。我们只能看见她穿着白色齐膝长袜的双腿，还有穿着黑色漆皮鞋的双脚。要不是我们听到了微弱的、渐渐变响的声音，于是话也不说了，屏住呼吸地听着，我们早就把她彻底忘了：一条细细的尿线滋到了木地板上。我们坐着，盯着她两腿之间的金色池塘。它越来越大，然后顺着地板流向我们的课桌。

场景在我眼前自动播放着，画面放大，慢动作。女孩的身体依然被黑板挡住；我只能看见尿流溅出了无数尿滴。接着，我意识到自己尿了。我能感到温暖的液体顺着双腿流下。我坐了一会儿，昏昏沉沉地，听着自己的心跳。我屏住呼吸，跟随着心跳的节奏。它也可能是一只振翅欲飞的鸟儿的节奏。

接着出现了更多的画面。缓慢的、懒散的画面从远处，很远的远处来了。最先浮现出来的画面是我熟悉的，是母亲相册中的一张小尺寸黑白照片。画面里的我应该是四五岁。我站在一片光秃秃的地上，直视镜头。当时是冬天，但没有下雪。我身穿一件看起来很严肃的双排扣毛呢大衣，领口和兜口是棉绒材质。一只手插在口袋里（兜口微微竖起），另一只手放在身侧。脸上有笑意。我身后什么都没有，两侧什么都没有，画面里只有我。我是一个被抛到某处空地的小人。尽管我熟悉这张照片，但我第一次发现画面里的自己是如此明白、明确地孤身一人，我还是吃了一惊。

一阵寒战让我脱离了昏沉的状态，努力往电话那边挪。但是，我刚到电话旁就又崩溃了，呆住了半晌。然后，我还是想办法拿起听筒，拨打112，对着话筒含混地报了地址。片刻之后，一名警察出现在门口，看见我被铐在椅子上，右腕上有三道已经凝结的血迹，闻见我身上的尿味。这时，我从他的目光中读出了某种引发共鸣的东西。在那个时刻，我想到了一件事和另一件事。我总算建立起了联系：警察观察我的样子，就是我当初观察空地上那个女孩的样子。

伊戈尔说得对。我不会忘了他。他也不会忘了我；我敢肯定。因为我可以不把他的名字告诉警察，但我说了。不仅如此，我还指控他强奸。我估计，强行闯入加上强奸够判他几年的，还有伴随终生的案底。假如我没有这样做，他不会记得我。我这样做了，他就会记得我。我播下了种子。我是一名老师，不是吗?

没有慈悲，没有同情，只有遗忘，只有羞辱和无尽回忆的疼痛。这就是我们从故国随身带来的教训，是我们不曾忘记的教训。对我们来说，尖叫和大喊就像巴甫洛夫的铃铛；我们听不见其他的一切。对我们来说，抓住恐怖的气息就是孩童的游戏；没有什么能比它把我们的鼻孔搔得更痒。

三道细小切口在右腕留下的天然手链和尿液的刺鼻味道是看不见的手铐，将我们铐在一起，我和我的学生。我看见未来的自己获得了一套新的习惯动作，那是一种我将久久不能摆脱的抽动症。它包括低头含住手腕，双唇慢慢地压在三条细线上，亲吻它们——那是伊戈尔的印记，伊戈尔的烙印——接着用舌尖舔它们，看它们还在不在，最后缓缓把手腕抬起，对着灯光看，被唾液润湿的细线在灯光下，像珠母贝一样闪亮。

第五章

28

矮胖子，坐墙头。

栽了一个大跟头。

国王的人，国王的马，

碎蛋难拼没办法。

刚开战时，我做起了噩梦；戈兰和我离开萨格勒布时，我又做了噩梦。噩梦的结构是相同的，都与一座房子有关。房子总是有两面：正面和背面。正面的样子我本来就知道，但背面是在梦里才知道的。房子的背面像玩偶匣里的小丑似的蹦了出来。在梦里，我会走进一扇门，然后沿着一段楼梯或一条走廊来到一处与房子平行的空间。我过去从没有起疑心，不然我肯定会发现房子是半漂浮的，就像故事里的空中城堡。我会把一个架子推开，在墙上发现一个大洞，风呼呼地往里面灌，或者根本没有墙。我往外面看，发现房子正在一条磨损的细线上面摇摇晃晃。

在我的梦里，平行空间总是预示着可怕的鬼脸和凶兆。噩梦就像一阵突如其来的风。之后是一段平静期，接着又卷土重来，但最终会慢慢平息，彻底消失。

噩梦有时会绞成一团乱麻，这时，我就把它们放在一边。只有一个梦例外，我让自己一定要记着它。梦里的房子像是一座迷宫。它有好几层，由许多种彼此不协调的材料建成。屋顶非常高，似乎更适合放在教堂上。突然间，我注意到房顶膨胀成了漏斗形，还没等我搞明白，房顶就爆开了，从漏斗口中涌出一道书流。一开始像是漏下的谷子，但最后变成了雪崩，凝滞的空气里满是书上的灰尘，书页从中呼啸而过。戈兰不在，但我能看见母亲在屋子的另一边，惊讶地抬头看着天花板。我朝她奔去，拉住她往外面跑，刚到街上，房子就像纸牌屋一样塌了。

“钥匙！”母亲尖叫道，“钥匙拿了吗？”

“没，我没拿。”我愧疚地说道。但是，我完全知道她的担忧是多么荒谬：房子都没了，钥匙又有什么用？

“好吧，我们现在连钥匙都没了。”她怅然道。

海尔特和安娜的公寓有一间客厅、一间卧室、一间带阳台的小厨房、一条狭窄的门廊、一个小小的卫生间。客厅的矮桌上放着一台电视机和一摞录像带，电视机旁有一盆半死不活的橡胶树盆栽。一个摆着几本书的书架靠在一面墙上，对面墙边是个旧沙发，沙发套都褪色了，脏兮兮的。沙发上方的天花板贴着一张杜尚·彼得里契奇创作的旧海报，是南斯拉夫鼎盛时期的贝尔格莱德地图。我在放录像带的桌子上找到了安娜留下的入住指南：电话公司和燃气公司的电话号、阀门的位置，等等。客厅地毯上有泥巴和破洞，墙纸裂了，窗户没有窗帘，玻璃也雾蒙蒙的。百叶窗积了厚厚的一层灰。

我也没多想，出门就买了各种清洁剂和刷子海绵。我从卧室开始收拾。凡是能翻过来的东西，我都翻了。我擦了门窗，往衣柜里洒酒精，去除陈腐的味道。我还蘸酒精擦了一遍百叶窗。我用吸尘器把屋子吸了个遍，墙面都没放过。然后，我把自己的衣服挂进衣柜，把我带过来的、刚洗过的床具铺好。卧室算是能忍了。一个房间解决。

接下来是收拾垃圾。我把一叠报纸、所有留下来的食物、几个碎盘子扔了出去。我把客厅墙上的海报撕了下来，把浴室里能卸下来的东西全部清空。我把这些破烂都装进几个黑色塑料袋，先搁在正门外，等到早晨再运下楼。接着，我彻底收拾了一遍卫生间。我把自己的化妆品放进药柜，往洗手池旁摆了一个放香皂的瓷碟，是我捡来的。卫生间整得差不多像样了，我马上就冲澡，上床，累得像死人一样，一觉睡到大天亮。

第二天，我扎进了厨房。为了清理橱柜、冰箱、灶台、瓷砖、门窗的污渍，我投入了很多时间和精力。尽管手腕都疼了，但我还是决定进军客厅。我用吸尘器把墙面、地毯和沙发清理了一遍，尽可能去除了后两者的异味，然后用钢丝球和清洁剂发起了进攻。墙纸脏得擦不出来了，于是我出门买了几把刷子、一桶白漆和一架梯子。之后两天就是刷墙。幸好墙纸是能盖住的那种，刷一层薄薄的白漆就行。公寓现在看起来有起色了，但新刷的白墙让乌突突的木构件特别扎眼。于是，我把屋里木头的部分都打磨了一遍，涂上白色油漆。这又用了两三天时间。

接着，我就开始花心思购物了。我发现了一条漂亮的浅灰色床单，把它铺在沙发上，又将之前买的台灯摆到桌上，往花瓶里插上鲜花，还挂起了一幅精心装裱的路易斯·海因拍摄的照片，画面中是工人在帝国大厦的横梁上抽烟。客厅马上就变得宜人了。它确实还是一股浓浓的学生气，但我完全不在乎。

我往厨房的橱柜里堆满了基本厨具，还买了一把新茶壶和一个别致的瓷茶杯。我也没有忽视橡胶树盆栽。我把它搬到阳台，换了个大盆，掺入营养土，剪掉枯萎的枝叶，清掉叶子上的灰尘，然后搬回客厅。我检查了海尔特和安娜留下的录像带，除尘后整齐地摆上书架。我用酒精擦拭了他们的书的封面，放在我带来的书旁边。

在公寓里四处查看其他需要维修的物件时，我注意到通往客厅的门上方的墙纸有一点歪。于是，我从燃气表和电表所在的储藏间里搬出梯子，爬上去把歪的地方摆正。结果墙纸像气球一样炸开了，石膏碎片撒了满地，露出一面水泥墙，墙上贴满了泛黄的明信片和杂志插图。我取下来一张仔细看，同时有几层漆皮也脱落了，哗啦一声砸在地板上。我面前房梁和房门之间的部分是整整一幅色情图片，表现同性性幻想的业余拼贴作品，最大的可能是出自海尔特和安娜的前任住户之手。图片的背景是风格化的古希腊罗马场景，头戴月桂花环的黑人男孩或者在撒尿，或者在接吻，或者在拥抱。墙纸已经与墙融为一体，因此变成了陈尿的颜色，令我一阵干呕。

我下来后瘫坐在沙发上，聆听着寂静。我突然听到一阵噼啪作响，屏住呼吸抬头看，只见墙纸在沿着墙壁开裂，形成了一条条波浪形的裂痕，最终交汇在一起。我看着它们断裂，剥落，卷折，像弹簧一样扭曲，直到伴着一声干脆的扑通掉了下来。我被一面由看不见的风卷起的尘土墙围住了。我瞥了一眼大门，但是没人，钥匙插在钥匙孔里。同时，沉默归来了。我低头看着自己的手，又红又肿。清洁剂的厉害显出来了：我的双手伤痕累累，皮肤一片片脱落，露出了三条血印。

我想到过去几天里，我连一次都没有朝窗外看。我不知道天气，也不知道时间。我完全失去了方向感。我只是坐在那里，拿着隐形的底层签证，内心在剥落。

我意识到必须振作起来，找点事做了，什么事都行。我必须抵抗一时间占据了我的绝望感。我站起来，随手拿了一盘录像带，塞进录像机里。然后我走回沙发旁边，把落在床单上的墙纸碎屑抖到地上，躺了下来。

夜里的某个时候，我被电视机发出的沙沙声吵醒。屏幕上的雪花仿佛也飘进了客厅里。我打开窗户，将七月的空气放进来。月光和 BASIS 杂货店的霓虹灯招牌照亮了广场。在广场右边，我勉强能分辨出当地小清真寺的绿松石色圆顶。广场上有几棵矮矮的、树冠小小的栗子树，还有几个长凳。树下的长凳上坐着一个男人。他戴着头巾，好像睡着了。

海尔特和安娜的公寓是那种灰色的、拥挤的、造价低廉的装配式建筑，环绕在市中心周围，就像城主的钥匙链上的一圈钥匙。有人称之为贫民窟。这座公寓名叫小卡萨布兰卡。不过，这是我后来才知道的。

29

我们是蛮族。我们部落成员额上都盖着哥伦布的隐形印记。我们向西航行，却来到了东方；实际上，我们走到的最西边正是我们走到的最东边。我们部落被诅咒了。

我们定居在市郊。我们选择这里，是方便时机成熟的时候收起帐篷，再次启程，为到达东方而向西边进发。我们住在灰色的、拥挤的、造价低廉的装配式建筑里，它们环绕在市中心周围，就像城主的钥匙链上的一圈钥匙。有人称之为贫民窟。

所有的定居点都是一样的。通过阳台上架起的圆形金属卫星锅就能认出我们，这种设备让我们能够感知被我们抛在身后的人的脉动。我们这些失败者，仍然与那片被我们在仇恨中抛弃的土地上的生灵是一体的。他们没有卫星锅；他们有狗。我们怕狗。天刚亮，他们的狗就跑到阳台上，用吠叫声传递它们的信息。吠叫声在混凝土大楼之间来回弹跳，就像乒乓球一样。回声让它们发了疯。它们叫得更大声了。

我们有孩子。我们在可怕地繁殖。据说袋鼠有一个幼崽跟在身后，一个在育儿袋里，一个在子宫里即将出生，还有一个是即将受精的准受精卵。我们的女人和袋鼠一样大：她们有数不清的后代跟在身后，就像城主夫人钥匙链上的钥匙。我们的孩子脖颈挺直，深色皮肤，黑头发，黑眼睛；我们的孩子是克隆人，男孩子是小号的汉子，是他们父亲的翻版，女孩是小号的妇人，是她们母亲的翻版。

在这边我们从BASIS、Aldi、Lidl、Dirk van de Broek把袋装盒装食物买回家；在那边，我们买批发货，一次买好多。我们的鱼市散发着鱼腥味，我们的肉店散发着血腥味。我们的商店脏兮兮的：我们从卤水塑料大桶里买肉吃。我们什么都摸两下，拿起来看，戳一戳，翻个面，听听声，一个摊、一个摊地逛。市集就是我们生活的中心。

我们的定居点就像绿洲：它满足了我们的全部需求。它有幼儿园、小学和驾校；它有邮局、加油站和电信中心，往老家打电话价格实惠；它有干洗店、洗衣房和美发沙龙，我们的人给我们的人剪头发；它有咖啡厅，年轻人可以在里面吸大麻树脂，还有青年人的另一个据点，土耳其比萨店；它有我们的礼拜场所，还有两三家开给成年男子的酒馆。我们有我们的酒馆，他们有他们的酒馆。界线分明。游客永远找不见我们，除非是误打误撞。至于高等人，也就是运河人，他们说他们要有底层签证才过得来。话又说回来，他们来这边有什么事做呢？于是，他们待在他们的地盘，我们待在我们的地盘。如此一来，人人都感觉安全些，自在些。

我们是蛮族。我们是完美社会的反面，我们是照着它的鼻子弹出个小丑的玩偶匣，是它的半世界，是它丑陋的下边——它的平行世界。我们在它的屎、狗、人中间淌过；我们在清晨和深夜游荡时撞上它的老鼠。朝我们吹来的风里卷着垃圾：我们自己扔掉的塑料袋，我们的孩子丢掉的玛氏巧克力棒、Kit-Kat威化饼、士力架包装。每天早晨，海鸥都会来享用正在变质的垃圾食品，喜鹊则会啄食土耳其比萨。

我们的男青年凶狠阴郁，怒气冲冲。入夜后，他们就像流浪狗一样聚在水泥地面的荒地上泻火，直到一两点钟。他们在废弃的儿童游乐场彼此追逐，荡秋千，跳跃，喊叫；他们把公用电话亭的话筒拽下来；他们朝车窗扔石头；他们随手偷东西；他们用空啤酒罐踢足球，声音像是打机关枪；他们像疯子一样骑着摩托车在定居点里穿梭。夜里是他们的天下。我们像老鼠一样躲起来颤抖：他们的尖叫声让我们血液发凉。警察对我们的地盘撒手不管，任由尖叫声像酸液一样腐蚀我们。我们的男青年是玩刀好手：他们的刀就是手的延伸。我们的男青年是吐痰大王：他们用痰来标明领地，就像狗用尿标明领地一样。他们总是成群结队，就像村里的野狗。

我们的女青年是安静的。她们的存在本身让她们难堪，这从她们的脸上就明显看得出。她们把头发裹在手帕里，眼睛盯着地面，在城中悄无声息地走着，就像是影子。如果你在电车上碰到过其中一位，她肯定是趴在祈祷书上，一字一顿地念经，就像往外蹦葵花籽似的。她很快就会起身，不往左边看，也不往右边看，快步下车，嘴里还念叨着经文，双唇动个不停，就像是骆驼。

我们长着浓眉毛的中年男人聚在混凝土制成的、绿松石色圆顶的清真寺周围。这里的清真寺看起来更像是日托中心，而不是礼拜场所。夏天，他们蹲在清真寺旁，蹭墙避暑（尽管天上看不见太阳）。他们没事就来晃悠，朝彼此身上闻，绕着清真寺转圈，手背在后面，不时停下来换换脚，拍拍别人的背，见面时拥抱，分别时也拥抱，节日清真寺人满为患的时候，他们就到马路上向东跪拜。狗从早到晚啃骨头，我们的男人从早到晚抱着清真寺不放。

当天空低得能碰上脑袋时，当气压计降到了底，空气潮湿到我们要用鳃呼吸时，我们的身体就会变得沉重，落到最底层，那里不分区，我们用四肢爬行，像孵出来的小鱼一样生活。只有在那里，在石头河床上，我们的鳞才会蹭到别人的鳞，我们的鳍才会碰到别人的鳍，我们的腮才会压到别人的腮。

我们是蛮族。我们不写字，我们将签名留给风：我们用声音签名，我们用呼唤、大喊、尖叫、吐痰来发出信号。这就是我们标明领地的方式。凡是摸过的东西，我们都要用手指敲两下：垃圾桶、窗格、管道。我敲故我在。我们会打拍子，打得和牙疼一样疼。我们在婚礼上哭，在葬礼上哭，我们的女人痉挛似的声音打在混凝土立面上，就像是暴风雨。我们会打碎玻璃杯，欢闹起来：鞭炮是我们最喜欢的玩具。声响是我们的字母表，我们闹出的动静是我们存在的唯一证明，是我们留下的唯一痕迹。我们像狗一样：吠叫。我们对着朝头顶压下来的灰色天空吠叫。

我们是睡着的人。我们部落成员额上都盖着哥伦布的隐形印记。我们向西航行，却来到了东方；实际上，我们走到的最西边正是我们走到的最东边。我们部落被诅咒了。回到我们出走的土地意味着死亡，留在我们来到的土地意味着失败。于是，离开的情景在我们的梦里无尽地重复，离开的那一刻是我们唯一的胜利时刻。有时，在从清真寺走回家的一小段路上，我们会被困意压倒，便找个长椅躺下，长椅顶上的树正在竭尽全力地生长。空气潮湿而温暖，满月形似霓虹，夜空是海军蓝的颜色。我们就这样在水泥树下的水泥绿洲中入睡，回味着已经回味了无数次的离乡情景。我们收起帐篷，背上包，一阵强风搅动沙漠的沙粒，我们的轮廓开始模糊，一齐消失在浓密的沙幕中。

30

我站起来，随手拿了一盘录像带，塞进录像机里。然后我走回沙发旁边，把落在床单上的墙纸碎屑抖到地上，躺了下来……

这盘带子是菲利普·考夫曼执导的昆德拉《不能承受的生命之轻》电影版。这本小说我读过两遍。另外，我对文学作品的电影版是质疑的：最好的作品似乎也配不上原著。影片一开场就引起了我的警觉：丹尼尔·戴－刘易斯和朱丽叶·比诺什的长相可能比许多捷克人还捷克，但比诺什在努力讲一种捷克口音的英语，而她只念对了一个词：安娜·卡列尼娜。影片对共产党政权下现实日常生活的诗化呈现也让我生气：表现包裹在蒸汽中的丑陋裸体、泳池旁下象棋的老头的精彩镜头，还有破败的捷克温泉度假村（这幅场景同样出现在克罗地亚）和布拉格街景（不禁令人想起萨格勒布）。或许，我的恼怒是一种老生常谈的条件反射（他们怎么会了解我们？），而那只是被殖民者的傲慢罢了，因此并不比殖民者的傲慢更令人宽慰。在这种情况下，完全无辜的考夫曼变成了侵占那片只有我才有权利居住的土地的殖民者。

但是，当苏联占领捷克斯洛伐克的黑白纪录片片段出现在屏幕上的时候，当我看到苏联坦克开进布拉格，看见街头的抗议和冲突在一名用转轮手枪瞄准围观者（包括比诺什）的苏联士兵的特写镜头中达到高潮时，我感到了不安。转轮手枪在瞄着我。比诺什——她被巧妙地插入影片中，疯狂地拍摄着坦克的照片——不再能挑动我的神经。突然间，这部电影变得真实了，变得私人了，变成了我的私人故事。至少我是这么感觉的。我还感到眼泪顺着面颊流下来。

这是怎么回事？我在想。苏联入侵捷克斯洛伐克时，我才六岁，因此这不可能是单纯的、纯粹的感同身受。我发疯似的算了起来：昆德拉的小说是1984年出版的；考夫曼的电影是1987年，也就是柏林墙倒塌前的两年，南斯拉夫内战爆发前的四年上映的，这意味着我有可能在萨格勒布看过这部片子（尽管我实际上并没有看过）。我的头脑从无意义的计算游开去，还没等我反应过来，我的时间观已经完全混乱了。我就像“二战”后留在菲律宾丛林里的日本兵，被人发现时，他们竟以为战争还在继续。一切都混在了一块——时间线、画幅——我搞不清。很久以前的事好像刚刚才发生，最近发生的事则被推到了很久以前。我唯一的参照点似乎就是那盘标着日期的录像带。我环顾四周，就像一名遭遇海难后刚被冲上海岸的水手。我住在一个不属于我的国家里的不属于我的城市里的不属于我的公寓里，周围是剥落的墙皮和发霉的味道。我手中的遥控器还能用，但我的内部控制装置已经没电了：不管按多少下，我都动不起来。我在想，过去发生的事是什么时候找到时间发生的，为什么考夫曼的电影让我感觉它好像是 CNN 的时事新闻，在报道两年前才签署的脆弱的《波黑和平协议》，又感觉它是远古的历史，我对它完全无动于衷。

事实证明，我刚刚受到的打击要比起初看起来复杂得多。幻肢综合征或思乡病这样的词只是随意起的词语标签，用来指代人失去了不可能复原的事物时产生的复杂情感打击。它们隐含的意思是，不管我们有没有与失去和解，或者释怀过去，放下回归的欲望，由此感到解脱，那其实都没区别。因为打击并不会因此减轻烈度。思乡病——如果这个词恰当的话——是一个野蛮恶毒的凶手，喜欢突然袭击，在你最意想不到的时候发起攻击，直捣心口。思乡病总是戴着面具，唉，真是讽刺中的讽刺，我们是随意袭击的受害者。思乡病以翻译的形式呈现——往往翻译得很糟——发生在复杂的过程之后，有点像孩子们玩的传话游戏。第一名玩家对着旁边人的耳朵说一个词，接着逐个往下传，传到最后一名玩家时说出来，就像从帽子里钻出来的兔子。

我最近心口位置受到的打击经历了一个漫长而复杂的过程，经过了许多个中介和媒介，直到在无数次调和之后，以朱丽叶·比诺什的形式出现。比诺什是传话链条上的最后一环，将我个人的疼痛翻译成我的语言。时机刚刚好。因为换一个时间的话，她的翻译可能就是胡话了。在那个时刻，唯有在那个时刻，考夫曼的影像——很像理想化的可口可乐广告——能够对我的潜意识发起突然袭击，我完全被打垮了。

尽管我感觉自己只有南斯拉夫故事的正经版权，但在那一刻，所有的故事都是我的故事。我发自内心地哭了，为了一张虚构的、纠缠的网而哭，它的标签可以随意贴：东欧、中欧、中东欧、东南欧、他者的欧洲。我想不明白：消失在劳改营里的数以百万计的俄国人、第二次世界大战期间数以百万计的死难者，还有那些控制了捷克人的人、被俄国人和匈牙利人控制的捷克人——匈牙利人自己也被俄国人控制——还有为俄国人、波兰人和罗马尼亚人提供食物的保加利亚人，还有前南斯拉夫人，他们基本上是自己控制自己。我在用头撞逝者之墙。我像一名巴尔干地区的哭丧人，我为每一个人的痛苦而痛哭，唯独我自己的痛苦没有声音。我为萨格勒布、萨拉热窝、贝尔格莱德、布达佩斯、索菲亚、布加勒斯特和斯科普里倒塌的建筑哀悼。我被儿时喜爱的品味糟糕的巧克力包装纸（更别提巧克力本身的糟糕口味了）触动，我为碰巧回想起的旋律、一张黑暗中偶然出现的脸、一个声音、一个调子、一句歌词、一句口号、一个气味、一个场景而哀叹。我坐在那里，盯着逝者的地貌，把心都要哭出来。我甚至为考夫曼的特技镜头而落泪，它毕竟让我回想起了自己的感受；我还为胶片上的比诺什流了一滴泪。

然后，我又想起了学生们。他们也会被同样的地貌所感动。问题是，他们的变身成功率极低：他们迟了一秒钟，几分之一秒钟。不，他们的变身终将失败。我能感觉到，在他们已经内化的点头哈腰中，在他们眼睛里的阴云中，在他们脸上看不见的耳光中，在他们喉咙里堆积的模糊的怨恨中。

如今，在后共产主义时代的乱草中，任何一分钟、任何一秒钟都可能钻出来一个全新的、全然不同的圈子。他们拿着题目动听的博士论文，比如《认识过去向前看》。他们是回到捷克斯洛伐克，却死在那里的托马斯和特蕾莎的孩子，因为回家意味着死亡，而留下意味着失败。他们会成为托马斯和特蕾莎的遗孤。他们会像三文鱼一样逆流而上，但时代变了，河流变了，同伴也变了，变成真正向前看，不再认识过去的人，至少是对过去有不同认识的人。这些来自灰色死水——蒙古、罗马尼亚、斯洛伐克、匈牙利、克罗地亚、塞尔维亚、阿尔巴尼亚、保加利亚、白俄罗斯、摩尔多瓦、拉脱维亚、立陶宛——的新选手，这些转型期的突变体将会涌向欧美大学，最终学到需要学的东西。他们会形成一支富有活力的年轻队伍，有技术专家，有组织专家，有运营专家，还有最重要的管理专家，企业管理、政治管理、环境管理、文化管理、灾害管理的专家——管理生命的专家。他们会以非人的速度快速自我繁殖，仿佛繁殖就是他们唯一的人生目的。他们这类人永远都会有立足之地，毫不关心他们的衣食父母的不幸，因为就连不幸也是需要管理的：缺乏管理的不幸只是失败而已。他们管理着保加利亚、波斯尼亚、白俄罗斯、摩尔多瓦和罗马尼亚的残疾人；管理着波斯尼亚、格鲁吉亚、塔吉克斯坦、哈萨克斯坦、车臣、科索沃、阿塞拜疆和亚美尼亚的孤儿；管理着欧洲的各个少数民族和无处不在的吉卜赛人；管理着黑人、白人、黄种人奴隶贸易贩卖来的性工作者和受害者；管理着难民、流入人员、流出人员、流动人员；管理着无家可归的人。他们是散播效率堪比实验室病菌的突变体，散播着网点和网络、保护伞和保护伞机构、他们的中心、他们的关系。他们将成为视听和电信部门的首脑，成为局域网和互联网达人。他们将成为自身生涯和他人生活的自信的设计师。他们将成为深刻的思想者、贪婪的读者、完美的时尚人士。他们将拥有多重身份：普世的、全球的、跨文化的、民族主义的、少数族裔的、流散的，集于一身。他们会戴上无数顶帽子，灵活到极点，随时准备着自我定义和自我完善，自我打造和自我再打造，自我建构和自我解构。他们将成为转型时期的民主精英。一切都是，而且一直都是流变的，所以他们口中全是流动性和灵活性，就像口香糖一样。他们将成为雄心勃勃的进步青年，成为报酬丰厚的欧洲一体化和扩大化专员，成为新世界秩序的先锋，成为有特色的后民族主义政治单元、新民族主义与后民族主义联合体的创造者，是与本土化相对的全球化的倡导者，也是与全球化相对的本土化的倡导者，是一切恰好需要倡导的东西的倡导者，狂热倡导者。他们出生于乌克兰腹地，在基辅学习中世纪历史，在伯明翰学习商务英语，博士论文题目是《中世纪历史与商务语言的共同点》。他们会成群结队地从维尔纽斯去沃里克学习微观和宏观经济学，研究方向是战乱地区的良好治理与可持续和平。他们从沃罗涅日、考纳斯、蒂米什瓦拉和佩奇去非政府组织、欧盟、联合国难民署工作。他们会拿着乌兰巴托的MBA学位去研究政策工具设计。他们会从埃里温，从阿拉木图，从大特尔诺沃，从塔什干、瓦尔纳和明斯克去成为一体化欧洲的领导者和未来精英。他们会拿着罗马尼亚的雅西、保加利亚的鲁塞、马其顿的泰托沃的东正教神学（牧师方向）博士学位，花费数年到弗莱堡学国际关系，然后加入位于萨洛尼卡、波士顿、布拉格的智库，在罗马尼亚、保加利亚或立陶宛的学术机构做几次出场费很不错的报告会，主题是欧洲—大西洋一体化和国防政策，炫耀自己的杂糅。他们将成为语言天才，会说多门语言，创造出一门属于自己的欧洲语，其中点缀着自造的词汇。他们总是把Enlargement（扩大化）的首字母大写，因为对他们来说，它预示着一个新时代，人文主义、文艺复兴、启蒙运动合一的时代。他们的口头禅是管理、协商技术、收入、利润、投资、开支、加密通信等等。他们能迅速找准自身定位，永远盯着关键机遇，像九命猫一样顽强，他们工作努力，善于沟通，忠诚，嘴严，宽容，友好，而且善于应对高压环境。他们还对外交豁免权表现出了特别的兴趣。他们会在萨马拉可口可乐分公司和萨马拉电灯电力公司工作一小段时间后，前往弗莱彻法律与外交学院和地中海外交研究学院就读。他们会在申请书中加上挑战是我的动力、我的最终目标是尽善尽美一类的话，以及当代自我、当代融合化、后殖民主义、市场化、招聘策略、敏感性训练和联结一类的术语。

但是，走在路上的他们忘记了：将他们抛射到地表的灵活性、活动性和流动性恰恰留下了一群无名的、底层的奴隶。在灰色的死水里，人们到处都在生产着西欧富豪们渴望的商品，过着朝不保夕的生活。他们会在垃圾桶里找吃的，纵酒无度，产下无家可住的孩子，孩子又产下更多无家可住的孩子。他们会卖精子，卖肾，只要是在全球黑市上能卖个价钱的器官都卖。他们将东欧的新鲜性器官租借给大欧洲的衰弱性器官。他们可能还会帮一帮自己的兄弟，比如说，介绍克罗地亚主顾去保加利亚（那里的皮肉更便宜）。有些人会一路跑到西欧沿岸，运气好的在德国摘芦笋，在荷兰摘郁金香，运气差的刷马桶。

我的学生们似乎错失了上船的机会，我也一样。但只差了一秒钟。我们在那里，在那过于漫长的一秒钟里大张着嘴，错失了走进新时代的机会。我们现在只能忙个不停，只为维持现状。失败者心理已经扎根在我们的心脏，弱化了那里的肌肉。

我坐在房间里，周围是剥落的墙皮和旧尘的气味。它刚好适合我：它属于别人，很配我刚领到的底层签证。我还有几件行李，本来也可以扔进公共锁柜，任其腐坏。假如我那样做了，假如当局查到行李是我的，那我真是讲不清里面有什么。行李里的东西是不可翻译的。于是，我坐在剥落的墙皮之间，我的专业名称同样不可翻译，我的国家顺着接缝处裂开，我的母语变成了三门语言，就像舌头分叉的龙一样。我坐在那里，有一种我无法用手指去触碰它的来源的负罪感，一种我无法用手指去触碰它的来源的疼痛感。

我按下了遥控器的关机和弹出键，从录像机里取出录像带，整齐地放回书架。我决定了，我最好的选择就是继续收拾自己的地盘，设定日常作息，把事情做完。明天，我心里想，我首先要买一份报纸看日期（我不清楚我把自己关在这间囚室里有多久了），找到最近的洗衣店。然后，我要把清理工作做完，给剥落裸露的墙面买新墙纸。但是，第一步是清除墙面污渍。这一次，我要用砂纸擦墙，用填料补上裂缝，然后再贴墙纸。我甚至可能会刷一遍漆——当然是白漆。

我走到窗边，打开了它。昏暗的路灯和另一边明亮的 BASIS 招牌照亮了广场的水泥地。空气中有一种亚热带般的潮气，又热又闷。最右边能看见绿松石色的圆顶，下面是一座混凝土建造的小清真寺。栗子树的树冠自带一种哑光效果，附近阳台上的金属卫星锅在黑夜中闪着白光。安静得出奇。这幅景象让我安心。或许，我终究还是到家了，我在想。

接着，一个男人的身影从黑暗中走出，进入了半黑的水泥地。他走得缓慢而艰难，好像走在海水里。突然间，他把一个东西弹到了地上，看着像是烟蒂。它发出了刺耳的爆炸声，原来是鞭炮。在不知道有人在看自己的情况下，这位匆匆走过的陌生人在夜里留下了自己的印记：他发出了一条消失在黑暗中的空信息。他走开时的路线有一点斜，跟狗似的。

31

旋风已经将房子放了下来，非常温柔地——对旋风来说，算是温柔了——置于一片美妙的原野上。到处是一块块可爱的草地，威严的大树上结着饱满有光泽的果子。两边都是盛开的鲜花，鸟儿长着奇特的漂亮羽毛，在大树和灌木之间振翅歌唱。小路旁有一条小溪，在绿色的斜坡中间冲流着，起着泡，淙淙的水声很讨小女孩的喜欢，因为她已经在干燥的、灰色的草原上住得太久了。

——弗兰克 · L. 鲍姆，《绿野仙踪》

我离开公寓，向地铁站走去。快走到的时候，我在背后挨了一下，又重又突然，打得我一口气没上来。过了一两秒，我感觉有人在使劲拽我肩上的包。多亏了锁骨，包带没有被拽掉，我转身抢回包，看见三个背着书包的小男孩。他们正要放学回家。年纪最多十岁。我看见一个男孩拿着一把玩具折叠刀。他垂下头，把刀丢了。三个孩子都有着成年男人的阴沉面容。我说不清我们一动不动地站了多久。最多两三秒吧。显然，我们谁都不知道该如何应对这种情况。但接下来，三人中最壮的那个有了动作，张大嘴巴，黑色的瞳孔盯着我的脸，发出了一声尖锐的、饱含仇恨的长啸。那仇恨就像电击一样强大而突然。它来自某个未知的深处，某个未知的暗处；它从几光年以外冲到我面前，直白锋利得像一把刀，完全与当时的情况和男孩无关，他的肺、喉咙和嘴只是偶然的媒介而已。

男孩们转身跑掉了。他们跑起来像孩子一样笨拙，拖着地，背上的书包一上一下。他们刚感觉到距离安全了，便停下脚步，转过身来。见我还是杵在那里盯着他们看，他们先做了几个嘲讽的手势，然后尖声笑了起来。他们的第一次偷窃尝试或许失败了，但这也很有趣。我站在那里看着他们，直到他们离去。

我摊开手掌，发现自己握着那把刀。我不记得弯腰捡起过它。盯着它，我意识到刚刚发生的意外既令人触动，又令人害怕。男孩在仇恨驱使下发出的那声尖叫依然回荡在我的耳中。

傍晚。黄昏美极了，万物都披上了红陶色的温暖阳光。疼痛已经消退，我再次上路，手里依然攥着刀，但忘了自己的目的地。我用深呼吸来压制这场意外，它可能发生在城市任何一个地方，任何一个人身上。我感觉自己好像生活在全世界最大的玩具屋，一切都是仿真的，一切都不是真的。如果一切都不是真的，那就没什么好怕的，我想。我感觉脚步有了某种动力，就像在空中行走一般。

来自我的小马德罗丹的图像在我面前解开，就像一团毛线。我受不了一切看起来都是新的这个事实：盆栽模仿高大的橡树，草皮模仿繁盛的草坪。突然间，一切都像水晶一样清晰，像我脸上的鼻子一样平凡。马德罗丹广场像米纸一样薄。淡蓝色的地平线在远方散发光芒。这样看来，市中心的样子就像从中间撕开，但还没有变成两半的蜘蛛网。首先是瘦桥，桥上的细金属丝让我想起了蜻蜓。接着是新市场的中国鱼店，鱼还在蹦跶。再然后是滑铁卢广场的跳蚤市场。场景在我面前依次闪过，脆弱，像蕾丝一样，像尼古拉斯·范德韦笔下女孩们头戴的帽子一样透明。我看见树荫下的运河；我看见房屋立面在运河旁——绅士运河、皇帝运河、国王运河、环城运河——像珍珠串一样整齐地排列；我看见铸币塔花市和动物园；我还饱览了浓郁、温暖、醉人的植物园美景。整座城市摆在我面前，一座天空、玻璃和水的城市。它是我的家。

在小小的安妮·弗兰克博物馆门前，我见到一条蚯蚓似的长队。进馆后，我看见自己入神地看着眼前显示屏上的视频小测验：1. 安妮起初和谁住在一个房间？ 2. 她后来和谁住在一个房间？ 3. 安妮做了什么来活跃房间的气氛？ 4. 书架是谁制作的？ 5. 弗兰克一家是从哪个国家逃来荷兰的？ 6. 安妮的女性朋友都是难民吗？

我突然意识到，国王运河263号的安妮·弗兰克故居与噩梦中纠缠着我的那些房子有一种特别的相似之处。怀着解脱的感觉，我走上了视频里的虚拟楼梯，关上了虚拟的门，按了一下Esc（退出）键便离开了房子。我再也没什么可怕的了：退出永远都是可选项。

我想象海牙国际法庭只有火柴盒那么大，小小的法官穿着小小的法袍，小小的被告和证人，小小的辩护律师和检察官，小小的假人模仿着一种存在对与错的生活。现实中没有对的人和错的人，没有好人和坏人；有的只是包含这一切的机械：运转。只有行动是重要的；行动就是一切。风车——只有城里的麻雀那么大，也像麻雀一样活跃——要转；吊桥要升起和放下，运河里行驶的小船发出嗡嗡的声音，就像遥控的苍蝇；红灯区里小小的妓女拉开橱窗的窗帘又关上，橱窗就像老式的房子形晴雨计一样整洁；小小的骑警要巡逻，他们的马还没有小白鼠大。只要窗帘还在拉开关上，只要风车还在转，只要盆栽还在生长，只要血液还顺着我们细银丝那么粗的血管流入细银丝那么大的心脏，那便万事大吉。马德罗丹语里没有表示宿命、命运、神的词汇。神就是机械装置；宿命就是机器坏了。既然我已经在马德罗丹住下，不管是不是我自愿的，我都必须理解它。

1. 1991年解体的南欧国家叫什么？

（A）南斯洛伐克（B）南斯拉夫（C）斯洛文克

2. 该国的国民叫什么？

（A）南斯拉夫人（B）蒙古斯拉夫人（C）斯拉夫南人

3. 该国灭亡后，原来的国民现在何处？

（A）死光了（B）差不多死光了（C）去了另外的国家

4. 去了另外的国家的该国国民应该怎样做？

（A）团结起来（B）一盘散沙（C）去一个新的另外的国家

我必须明白，模拟就是一切，而如果模拟就是一切的话，我就没有罪；在这里，在马德罗丹的明媚天空下，我没有任何罪；全都是视角问题，同样一个东西，我们感觉它大，它就大，我们感觉它小，它就小；对我们这些马德罗丹的居民来说，落在屋顶上的喜鹊要更危险，比那个男孩突然的、不可理解的、充斥着仇恨的尖叫要危险得多，不——可——同——日——而——语，那声尖叫本身无足轻重，与其刚刚带给我的痛苦完全不成正比。

傍晚了。黄昏美极了，万物都披上了红陶色的温暖阳光。我向着树林走去，脚步轻得简直像是没有沾地。周围异常安静：我能听到的全部声音就是偶尔呼啸而过的自行车。我看见包头巾的女人坐在草地上，像是一群母鸡，身边围着小鸡仔。在刚刚割过的草的芬芳中，我张大了鼻孔。我走进了树林，树稀稀拉拉的，穿过树就能看见蓝色的湖面。尽管当时才八月，但空气已经有了秋意。我一边走，一边贪婪地将空气吸入肺脏。我说不准自己走了多久，或者我用了多久才来到空地……

> ……林中到处是盛开的野花，一条极其清澈的小溪在树林中央欢快地流淌；金色的阳光穿透了周围橡树浓密交织的枝叶。池塘边有一个树桩，树桩上坐着一位健康结实的黑眼睛女孩。她浓密的头发在脖子的位置扎了起来，匀称的身体上披着一条夏天用的玫瑰色薄纱，黑色颈带上挂着一个朴素的小

十字架，身前的草地上摆着一顶帽子和一册歌本。她对面坐着一群村里的可爱小孩子，不管是男孩还是女孩，脸上都洋溢着活力与欢乐，眼神明亮，身穿干净的白衣，真是赏心悦目。许多小女孩用野花编成花环戴在头上。年轻女教师扬起一只手指挥起来，孩子们全神贯注地盯着她的食指，然后她张开小口，唱出了最美妙的歌声。那景象真是美极了：年轻的、欢快的脸庞，男孩子不时随着歌声用力摇晃着脑袋，女孩子则要含蓄一些，双手背在后面，身体像蜡烛一样直。老师在孩子们当中，聪慧的脸上露出满意的微笑，一双敏锐的黑眼睛看护着她手下的每一只羔羊。女教师不远处坐着两个女生，她们在用绿叶编一个大花环，编好后踮着脚尖走到老师面前，把花环戴到了她的头上。唱完歌后，孩子们像蜜蜂一样聚在老师身旁，发自内心地高呼着。女老师站起身，戴上帽子，穿过欢呼的孩子们走出树林，就像童话里的仙女。

后记

生活有时是如此混乱，以至于你无法确定哪些事先发生，哪些事后发生。同理，我也不知道这个故事是讲到了事情的结尾还是开头。自从来到国外生活，我就感觉自己的母语——用那位克罗地亚诗人狂乱的诗句形容，它是：

狂风，巨钟，回响，轰鸣，
雷霆，咆哮，回荡——

是结巴，是咒骂，是诅咒，或者是含混的、单调的、没有意义的卖弄辞藻。因此，在这个身边都是荷兰人、沟通要用英语的国家，我有时感觉自己在从零开始学习自己的母语。这并不简单。我死记单词，反复练习元音和辅音。这是一场逐渐输掉的战斗：我表达不出我想说的意思，而我说出来的话听起来又是空洞的。我会想到一个词，但不知道它的实际意思；或者，我感知到了一个意思，但找不到合适的词。我一直在想，一门如此令人痛苦的语言，一门从来没有学会描述现实，与人对于现实的内在体验同样复杂的语言，它到底能做什么事呢？比如说，它能讲故事吗？

生活对我一直不错。我学会了拉窗帘。我甚至试着把它当成一件好事。我报名了荷兰语班。与许多同学一样，我会滥用第一人称代词 ik。对初学者来说，世界是从 ik 开始的：Ik ben Tanja Lucič. Ik kom uit vormalige Joegoslavië. Ik loop, ik zie, ik leef, ik praat, ik adem, ik hoor, ik schreeuw……[1] 就目前为止，我说的 ik 并无实质内容：就像是孩子的游戏；就像捉迷藏。人们常说，躲在开阔地是最容易的。躲在荷兰的山里。躲在生硬的 i 和 k 后面。

没错，噩梦又来了。我现在梦到的是单词，不是房子。在梦里，我讲的是一门没有顾忌、不可控制的语言，一门有阴暗面的语言，单词像玩偶盒里的小丑一样冲着我弹出来。它们通常是反映我的脆弱精神状态的单音节词。我用一把细齿梳梳理着它们。音拖得很长，包含着痛苦，是没有尽头的抱怨。我经常被痛苦的、像狗一样的呜咽声

① 荷兰语，意为：我叫 Tanja Lucič。我来自南斯拉夫。我散步，我看，我生活，我说话，我呼吸，我听到，我尖叫……

吵醒，是我的声音。在梦里，我的身边都是单词。它们像藤蔓一样绕着我生长，像蕨类一样迸发，像爬墙虎一样爬墙，像荷花一样舒展，像野兰花一样爬满我的身上。茂密的句子丛林让我无法呼吸。早晨起床时，饱受摧残的我说不清那繁多的词汇是惩罚，还是救赎。

但是，生活对我一直不错。保罗和金，那对雇我每周帮他们照顾四天孩子的美国夫妇，给我的工资相当丰厚。我成了摇篮曲和数字歌的专家：有我们的，有英语的，甚至还有几首荷兰语的。孩子们知道 En ten tini, sava raka tini, sava raka tika taka, bija baja buf[①]。知道 Eci peci pec, ti si mali zec, a ja mala vjeverica, eci peci pec[②]。他们知道 Rub-a-dub-dub, three men in a tub: the butcher, the baker, the candlestick maker[③]。还有 Amsterdam, die grote stadt. Die is gebouwd op palen. Als die stadt eens ommeviel, wie zou dat

① 计数童谣“Eeny, meeny, miny, moe”的以色列变体，名为“En Den Dino”。

② 塞尔维亚童谣，意为：快来烧炉子，你是小兔子，我是小松鼠，快来烧炉子。

③ 英语童谣，意为：咚咚嚓咚咚，浴缸里有三个人：屠夫、面包师和蜡烛匠。

betalen[1]……保罗和金只要有机会就把我介绍给亲戚朋友："这是塔尼娅，我家的保姆。前南斯拉夫来的。塔尼娅特别会照顾孩子。她对小孩确实有一套。"

我母亲也挺好的，如果挺好这个词合适的话。只要我打电话，她就来劲了。她会像孩子一样讲述自己的生活：先是拉一张投诉单子，然后讲她的糖尿病（她叫糖咒病）、她的关节炎、生活开销大……她从来不问我的事：我只是听取投诉的。我已经接受了自己的角色，渐渐习惯了我们间的单向度对话。我已经学会了不要太受伤。

戈兰的父亲不在了。"他们没准会把他塞进垃圾袋里的！"奥尔加在电话里哭着说。"垃圾袋！"他当时陷入昏厥，于是她叫了一辆救护车。但是，担架放不进电梯，护士只好把他裹在毯子里，从顶层十楼搬下来。几天后，他于医院去世。我打电话慰问时，她把事情全都讲了。"不过，人总归是要死的。"她补充了一句，声音很奇怪，为这件事画上了一个悲伤却麻木的句点。

---

① 荷兰语童谣，意为：阿姆斯特丹，是个大城市，建在柱子上，要是倒下去，谁能赔得起……

安娜回到贝尔格莱德后只活了不到两年：北约轰炸该市期间，有一个贝尔格莱德电视台的摄制组丧生，安娜当时就和他们在一起。我收藏着她离开几个月后给我寄来的信。除了说自己找到了工作，日子过得不错以外，她还附上了一篇题为车站的短文，是献给我们虚拟的南斯拉夫日常生活博物馆的一份迟来的藏品。文章用悲凉的语调描绘了贝尔格莱德的电车休息站，描写了各种声音、闷热的夏日黄昏、空气中的尘土味。“将它装进我们的塑料大包里吧，那个红白蓝三色条纹的大包。”她写道。这可爱中透着傻气的姿态触动了我。海尔特决定留在贝尔格莱德。我不知道他在做什么，如何维持生计。他不时跟我通电话。我能从他的声音里听出来，我，一个外国人，是他与家唯一的联系。我还住在他原来的地址。

其他人似乎都过得不错。安特还是在城内各处演奏手风琴。他每周六都在北市场。人们会把钱投到他的帽子里，帽子是那里一名摆摊卖帽子的维罗维蒂察人送给他的。我们的人全都认识他。奈维娜嫁给了一个我们的小伙子，跟他生了个女儿。她在荷兰合作银行墨卡托广场分行上班。梅丽哈在萨拉热窝。她想办法要回了自家的公寓，把非法住户赶了出去。梅丽哈的父母与那座城市毫无关系：自从搬来这边，他们一次都没回去过。梅丽哈与一名达舍人同居，他创办了一家服务弱势群体的非政府组织。马里奥退学后进入了计算机图形行业。他也有孩子了，男孩。波班加入了本地的佛教团体，剃发食素，化缘为生。只有约翰内克还在大学就读。她的大女儿跑了，现在和她爸爸在波斯尼亚住。约翰内克心碎欲绝。塞利姆成了“极端穆斯林”，成天跟冯德尔公园的怪人们混在一块，嚷嚷着“我们波斯尼亚人要让那些塞尔维亚杂种都滚蛋，然后是克罗地亚人，那些欧洲人全滚蛋，还有美国佬”。据说，只来上过一两次课的佐勒分手了，因为要去加拿大，他自称是双重受害者——米洛舍维奇加上北约轰炸。不过，更可能的情况是他惹上了当地的塞尔维亚黑手党，分手是为了保命。

这些都是达尔科告诉我的，我有一天在瓦瑟纳尔附近的荒凉海滩偶遇了他。太超现实了。我差点儿没认出他：他浑身古铜色，头发成了淡黄色，戴着时尚太阳镜和随身听。他还骑在马上。他看起来就像一名 CK 模特，或者说是瘦弱版的 CK 模特。他告诉我，他正在上瓦瑟纳尔马术俱乐部的马术课。他以前就有一个朋友是美国富商，男的，在同性中很有市场。只不过，他即将脱离底层生活——他从来不隐晦这种想法——搬进常律会运河的一座宅子里。这要多亏他的朋友，掏了整整一百万给他买房。

对了——是一百万美元，合两百万 Guće……

“我发现自己喜欢骑马。”他说。他深情地望了我一眼，说道，“报一门课吧，什么课都行——瑜伽，莎莎舞，随便——我跟谁都这么讲。只要能活动身体，都有大好处。”

“我在学荷兰语。”我说。

“好呀！”他说，好像在跟别处的别人说话。

这时，我在他的太阳镜上看到了我的倒影，结果顺着脊柱窜上来一股寒意：闪亮的镜片上有两张脸，没有一张是我的脸。

但是，最离奇的故事当属伊戈尔。人们都说他疯了。他一开始在前南法庭做译员；顺便说一句，我们这伙人里做这份工作的不止他一个。但是，他后来因为旷工被开除了。后来有一天，他被找到了——说他找到了自己可能更贴近真实——是在某座机场，在加尔各答、吉隆坡或者新加坡。人们说，他得了一种名字很好听的创伤后综合征，叫解离性赋格，和音乐里的赋格是一个词。这种赋格似乎是由突然出走引发的，持续时间从数日至数月不等。患者会完全失忆，赋格人只能自己造一个身份：他们不知道自己是谁，也不知道自己从哪里来。当他们回归之前的生活时，他们会完全不记得赋格状态下的经历。谁之前都没听说过这种记忆失而复得的不可理喻的心理障碍。有心理医生主张，赋格障碍不是凭空发生的，而是由酗酒触发的。可能吧，但达尔科不记得伊戈尔是个酒鬼。没有人知道他在哪里，如何维持生活。他可能回国了吧。其他人各走各的路，已经失联了。

“顺便说一句，”达尔科的声音有一点过于兴奋，“我有了一个新发现。”

“是什么？”

“歌剧！”他指着随身听说，“我爱死威尔第了。”

他停住话头，身子微微沉了沉，一道微弱的阴影划过他秀气俊美的娃娃脸。

“那一次跟乌罗什……”他说话吞吞吐吐，好像要从嘴里吐沙子似的，“晚饭后我们给你庆生那一次，记得吗？”

“记得。”我说。

“那个，我送他回家，我们……骑了一会儿马。乌罗什不是同性恋……我们都喝醉了……”

“你为什么跟我说这个？”

他耸了耸肩。

“不知道……它一直困扰着我。”

在海牙前南法庭，文件越积越多，纸山越堆越高；庭审的录像带能铺满那个已经不在的国家的全境。每一次伤害似乎受到了真实、讽刺或怪异的处理——但总归是处理了。有些人的伤口恢复得很好，有些人不好——但也算是恢复了。就连疤痕都在消退。人人都有去处，有人发挥特长，有人勉力而为。生活发给有些人的牌比其他人好一些，但每个人总能找到某个地盘。死者与失踪者有待清点，许多恶徒依然逍遥法外，许多瓦砾有待清理，许多地雷有待拆除，但尘埃已经落定。生活继续了下去，至少就目前来看，这对每个人都好。

总有一天，元凶首恶会来到法庭，我一定会去看。他会穿着灰正装、白衬衫，打着鲜红的领带。领带与法官袍是同样的颜色。被告会坐在他的玻璃牢笼里，双颚紧扣，嘴巴呈倒 U 形。时钟会显示时间，但那不是审判庭外的世界的时间。我会震惊地发现，我在中间的这几年里已经忘掉了一切，我想不起那些曾经如此玩弄我们的生活的人叫什么。我会感觉距离战争爆发已经过去了一百年，而不是九年、十年。我会用深重的恐惧感去直面自己的健忘。打着红领带的男人会讲一门我已经不会的语言。我甚至会记得下面这些细节：翻阅眼前的文件时，被告会像村里的小店主一样舔手指；他会仰起头，好像在嗅周围的空气，然后眯起眼看审判庭；在那一刻，我的眼神会与玻璃后面的那双眼睛交会；那双眼睛是黑色的，呆滞的，无神的；他紧扣的双颚和呆滞的眼神会让我想起北极熊；接着，他会抬起爪子，赶走鼻子周围的飞虫，继续空洞地盯着前方。

我有时会想起乌罗什，觉得他的选择是正确的。他带走了铅笔、本子和犹太小圆帽，一周七天，一天一份。他刷了牙，如果条件允许，他还会转向神圣的哭墙。他像会计一样出着汗，在纸片上写下悼词和祷词，卷成小筒后塞进石块的缝隙中。

“因为当你经历了我们都经历过的事情后，只有三种可能：你要么变好，要么变坏，要么像乌罗什那样，用子弹打穿大脑。我不知道属于哪一种，只知道自己躲过了子弹。”伊戈尔曾这样说。

我没有向达尔科透露，我对伊戈尔的了解要比他那天在海滩上告诉我的更多。比方说，我给警方录的口供从来没有到伊戈尔手上。来我家的警察肯定觉得为我解开手铐已经是仁至义尽了。倒也没错。我低估了伊戈尔的精明。

现在，伊戈尔和几个爱尔兰建筑工人搭伴。爱尔兰人手艺不错，木工活很熟。他们翻新房屋和公寓，打墙重修，清理陈年垃圾堆——有活就干。倒不是阿姆斯特丹不是到处都有我们的人，但伊戈尔从不跟他们来往。伊戈尔最近才开始干这种重活。他全身心投入了进去，好像那是某种赎罪。或许他的动力来自这样一种疯狂的念头：自己的满头大汗正在恢复某种平衡，他在这边每筑一堵墙，那边的废墟中就会建起一堵墙，在波斯尼亚或克罗地亚的村庄里，或者任何需要修墙的地方。

生活对我们一直是不错的。伊戈尔出门早，回家也早。回家直奔浴室，冲掉粉尘，换上干净的衣服，撸起衬衣袖子，坐在桌旁。我端上了刚做好的饭菜。我们吃得慢，而且奇怪的是，话说得也少。我们的词语像沙子一样干。我喜欢它们的干。我们或许正在变成荷兰人。据说，荷兰人有要说的话时才开口。

吃完晚饭，我躺在他身旁，吸入他的气味，透过他的皮肤呼吸，就像鱼透过腮呼吸一样。我让自己的脉搏与他同步，我在他的血管中流动。我起身，隔远了看着他，仿佛不能相信他在这里……我注意到他的面颊上残留着一点油漆，就舔上去，用口水抹掉了它。我用牙齿扒开他的嘴唇，把舌头伸进他的嘴里，吸出一口对我的生存至关重要的氧气，又送出一口对他至关重要的氧气。随着这份礼物进入我们的每一根血管，我们都感觉到了令人陶醉的冲动。在那一刻，我们呼吸着提取自无须铭记和无须遗忘的纯净精华。

恐惧偶尔会占据上风。这时，我就会抓起包，披上大衣，然后冲出公寓。伊戈尔不再提出要陪我去了；他让我自己把握，他也知道我会去哪里。通常是海边，那种长长的沙滩。我喜欢深秋和冬令时节荒凉的荷兰海滩。我站在那里，注视着灰色的海和灰色的天，伫立在那里，面对着一堵隐形的墙。接着，我开口说话了，一开始很慢，然后变快，变快，变大声。我像童话里的龙一样吐出舌头，然后它就分叉了：克罗地亚语、塞尔维亚语、波斯尼亚语、斯洛文尼亚语、马其顿语……面对着隐形的墙，我在风中有节奏地把头往前伸，然后说话。我不信神；我不会祷告。我包裹在风中的身影投射在大地上，就像投射到魔术灯里。我，教师，我们这一代人的骄傲，说出了我必须说出的话，说出了我的巴尔干祈祷词。我从口中喷出词语，就像乌贼喷出墨汁。我将我的声音寄给无名氏，就像一封瓶中信。将它们抛入风中后，我看到它们在空气中飞舞。我看着它们卷成小管，盘旋着扎进水墙，立即便溶解了，就像是泡腾片……

愿你此生彼世皆受诅咒。

愿你不能活着看到太阳升起。

愿你被秃鹰蚕食。

愿你从地球上消失。

愿你光脚从荆棘丛上走过。

愿神让你比丝线还要细，比陶罐还要黑。

愿你种下罗勒，收获苦蒿。

愿恶魔折磨你。

愿恶魔喝你的汤。

愿恶魔给你的汤调味。

愿乌鸦啄你。

愿你的血带给你剧痛。

愿你在剧痛中打滚。

愿雷电击中你。

愿闪电击中你，把你从中间劈成两半。

愿你在大地上盲目漫游。

愿蛇咬你的心窝。

愿你像压在树皮底下的虫子一样受苦。

愿浑水将你卷走。

愿你的心脏爆裂炸开。

愿箭射穿你的心脏。

愿你再也见不到阳光。

愿你被一切抛弃。

愿你失去一切，除了你的名字。

愿你的种被根除。

愿你被打成痴呆。

愿你的生活惨淡荒凉。

愿蛇缠住你的手腕。

愿蛇将你生吞。

愿太阳将你活活烧死。

愿你的糖变苦。

愿你的嘴巴和脖子交换位置。

愿你被面包和盐噎死。

愿恶魔让你得病。

愿神将你施加于我的一切施加于你。

愿大海吐出你的骨头。

愿你的骨头长草。

愿你眼中的世界变黑而眼睛变白。

愿你变成尘土和灰烬。

愿神烧掉你的眼睛，留下两个窟窿。

愿你的嘴说不出一个字。

愿你被诅咒。

愿你尿血，尿出沥青。

愿活生生的伤口将你吞噬。

愿你被火焰吞没。

愿你被水淹死。

愿你被烧死。

愿你一动不动地躺在坟墓里一百年。

愿你生时没有配偶，临终不受油膏。

愿你的名字被遗忘。

愿你永远见不到太阳。

愿你浑身腐烂。

愿你被雷霆和闪电击中。

愿你每一天都被杀死一次。

愿你的脸变成草叉。

愿你的根干枯。

愿你爆炸。

愿你舔灰。

愿你变成石头。

愿你的心脏变成石头。

愿你在黑暗中死去。

愿你的灵魂堕落。

愿你逐渐消失。

愿你永远吃不饱。

愿你倒毙路旁。

愿你的喜事变成丧事。

愿你无尽地漂泊。

愿你变聋。愿你变麻木。

愿你一无所有。

愿你从根子里枯萎。

愿你哭着要妈妈的奶。
愿你的骨头从地里拱出来。
愿你被虫子吃掉。
愿你失去你的灵魂和指甲。
愿你永远无人上门。
愿你再也见不到自己的家。
愿你有盐却没有面包。
愿你变成木头和石头。
愿石头砸在你的心脏上。
愿我的祝福杀死你。
愿你无人知晓。
愿青蛙往你身上尿尿。
愿你一睡不起。
愿我的眼泪杀死你。
愿你的星暗淡。
愿你背井离乡。
愿你的日子变得阴暗。
愿你的舌头发不出声。
愿苦难对你微笑。
愿你抛弃你的骨头。

当我的声带再也发不出声，当我的额头被风吹得麻木，我抛弃了海滩，镇定心神，不留下任何痕迹。荷兰的平原是好的；它们就像当年学校里用的吸墨纸；它们吸收了一切。

北京版权保护中心外国图书合同登记号：01-2022-6946

图书在版编目(CIP)数据

疼痛部 / (荷) 杜布拉夫卡·乌格雷西奇著；姜昊骞译. —北京：北京日报出版社，2023. 4

ISBN 978-7-5477-4448-2

Ⅰ. ①疼… Ⅱ. ①杜… ②姜… Ⅲ. ①长篇小说—荷兰—现代 Ⅳ. ① I563.45

中国版本图书馆 CIP 数据核字 (2022) 第 235665 号

特约策划：冯　婧
责任编辑：姜程程
装帧设计：陆智昌
内文制作：陈基胜

出版发行：北京日报出版社
地　　址：北京市东城区东单三条 8-16 号东方广场东配楼四层
邮　　编：100005
电　　话：发行部：（010）65255876
　　　　　总编室：（010）65252135
印　　刷：山东新华印务有限公司
经　　销：各地新华书店
版　　次：2023 年 4 月第 1 版
　　　　　2023 年 4 月第 1 次印刷
开　　本：787毫米 × 1092毫米　1/32
印　　张：10
字　　数：176千字
定　　价：54.00元